最美文

陈晓辉 一路开花 / 选编

梦想于尘埃处绽放

中央编译出版社
Central Compilation & Translation Press

图书在版编目（CIP）数据

梦想于尘埃处绽放 / 陈晓辉，一路开花选编 .
— 北京：中央编译出版社，2017.1
ISBN 978-7-5117-3164-7

Ⅰ . ①梦… Ⅱ . ①陈… ②一… Ⅲ . ①随笔 – 作品集 – 中国 – 当代 Ⅳ . ① I267.1

中国版本图书馆 CIP 数据核字（2016）第 260082 号

梦想于尘埃处绽放

出 版 人	葛海彦
出版统筹	贾宇琰
责任编辑	邓永标　舒　心
责任印制	尹　珺
出版发行	中央编译出版社
地　　址	北京市西城区车公庄大街乙 5 号鸿儒大厦 B 座（100044）
电　　话	（010）52612345（总编室）　（010）52612371（编辑室） （010）52612316（发行部）　（010）52612317（网络销售） （010）52612346（馆配部）　（010）55626985（读者服务部）
传　　真	（010）66515838
经　　销	全国新华书店
印　　刷	北京紫瑞利印刷有限公司
开　　本	710 毫米 ×1000 毫米　1/16
字　　数	206 千字
印　　张	14
版　　次	2017 年 1 月第 1 版第 1 次印刷
定　　价	29.00 元

网　　址	www.cctphome.com　　邮　箱　cctp@cctphome.com
新浪微博	@ 中央编译出版社　　微　信　中央编译出版社（ID：cctphome）
淘宝店铺	中央编译出版社直销店（http://shop108367160.taobao.com）（010）52612349

凡有印装质量问题，本社负责调换。电话：（010）55626985

梦想于尘埃处绽放

目录

CONTENTS

第一辑　永远都在成长

记忆中看书不花钱的书店（文/林文月）……002

11岁的小发明家（文/佟才录）……005

我是那个"别人家的孩子"（文/阿杜）……008

少年读（文/许冬林）……012

不再当"消防栓"（文/〔美〕鲁斯迪·费斯科 孙开元编译）……015

你是我最好的勇士（文/北卡不卡）……018

在二十岁之前，去二十岁之后（文/阿识学长）……024

莫小贝的孤独你不懂（文/安心）……027

假如灯熄灭了（文/孙道荣）……032

永远都在成长（文/〔美〕鲍勃·波克斯 孙开元编译）……035

第二辑　毕业是成长的开始

我的高考，我的老师（文/陈华清）……040

生命的精彩之路（文/李凯成）……045

梦想于尘埃处绽放（文/商艳燕）……047

我强故我在（文/杨张光）……051

毕业是成长的开始（文/李军民）……055

捣蛋"学霸"的初三故事（文/安一朗）……057

成长记忆里的阅读印痕（文/袁恒雷）……063

成人不自在，自在不成人（文/林永英）……067

第三辑　为自己喝彩的女孩

那年的情书（文/华清）……072
当你想要飞翔时（文/邢占双）……076
选一种方式看日出（文/红韵）……080
为自己喝彩的女孩（文/罗光太）……083
有一种营养叫自卑（文/王欣）……088
一粒愚蠢的种子（文/沈岳明）……090
陪你去看海（文/积雪草）……093
第一次领奖（文/木易）……097
我与志明这三十年（文/朱国勇）……100
带孩子参观中东战区（文/佟雨航）……105

第四辑　成长总是带着些倔强

温暖心灵的细碎时光（文/郑亚琼）……110
那些散落在时光里的温暖（文/琼雨海）……114
走上领奖台的孩子们（文/凌云）……121
我那件事，你那个人（文/胡识）……124
穷，也不能偷（文/阿识学长）……128
成长总是带着些倔强（文/冬凝）……131
那些让我拔节成长的陌生人（文/邹华卫）……137
在读书中遇到最好的自己（文/商艳燕）……143
融化的冰激凌（文/管笛琴）……147
做一个让人笑得直不起腰来的人（文/段奇清）……150

第五辑　我们都曾年少

- 有谁知道李芳蓓的忧伤（文/安一朗）…… 154
- 爱脸红的夏子默（文/阿杜）…… 159
- 梦里梦外都是内疚（文/太子光）…… 165
- 我们都曾年少（文/冠豸）…… 170
- 杜纤纤的幸福时光（文/冠豸）…… 176
- 一场夭折的"离家出走"（文/龙岩阿泰）…… 181
- 暗室微光（文/李良旭）…… 186
- 撬动你的小宇宙（文/学学）…… 189

第六辑　出发，是最好的开始

- 不想被世界遗忘（文/邢占双）…… 194
- 出发，是最好的开始（文/范泽木）…… 197
- 十八岁时的一次骑行（文/范泽木）…… 199
- 生命里那些未曾掉下的泪（文/张君燕）…… 202
- 玫瑰从不孤单（文/午言）…… 206
- 老汉一直在手机那头陪我成长（文/雪炘）…… 209

第一辑

永远都在成长

众人都笑了起来，女孩转过身，和妈妈拥抱了一下。我站起身和她们告别，在拐弯时我转过身又看了她们一眼，看到小女孩这时也站了起来。我敢发誓，此时的她看起来比刚才高了许多。我想，也许她今天就成长了一点儿吧。其实，人的一生都在成长。

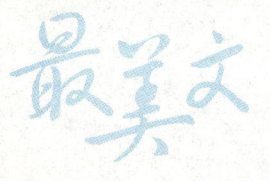

记忆中看书不花钱的书店

文 / 林文月

书卷多情似故人,晨昏忧乐每相亲。

——于谦

我幼年时居住在上海闸北的日本租界,小学一年级按学区被分派入第一国民学校。我的家在江湾路,正当虹口公园游泳池的对面。每天上学我很少规规矩矩地走,不管是一个人走或有同伴,总是顺着那石板跳行。

在这一条北四川路的中心点比较靠近学校的那边,有一排二层楼洋房。前面一段是果菜市场和杂货店一类的店面,母亲有时也到那里去购物;那后段却是我喜欢去的地方,因为有一家书店和一家文具店。

小学一年级的功课既少又轻松,通常在上午十一点半就放学了。家里因为要等父亲回来午餐,不会太早开饭的,所以我几乎每天都在归途上溜进那家书店去看不花钱的书。

那时候的学生好像不作兴带钱,我们家更有一种不成文的规矩,孩子们要等到上了中学才可以领到零用钱,因此我身上当然连一个钢板也没有。尽管没有带钱,我倒也可以天天在那书店里消磨上半个钟头,入迷地看些带图的《伊索寓言》等书。

那家书店有多大呢?我已无法衡量了。当时觉得十分大,四壁上全都是书。记得在进出口处有一柜台,里面总是轮流地坐着一个中年男子和老妇人，大概是母子吧。别人经过那个柜台，差不多都要付了钱取书走，我却是永远不用付钱的小"顾客"。

而他们母子也从来没有显出厌嫌的样子，相反，那中年人还常常替我取下我伸手够不到的一些书。那老妇人弯着腰坐在柜台后面，每回我礼貌地向她一鞠躬时，她就会把眼睛笑成一条缝，叫我明天再来玩。

那是一个夏天中午，放学途中忽然下起倾盆大雨来，我快速地从学校跑到书店，但雨势实在太大，到达书店时，全身上下都已湿透了。头顶上的电风扇不停地旋转着，那凉风吹在湿透的身上，不由得叫人打了好几个喷嚏。

这时，那个中年的店主人走过来，示意我跟他上后面二楼的房间。那是两间窄小的日式住室，里面有点幽暗。随后，那老妇人也上楼来，她提了三壶热水，替我拭擦头发、脸孔和身体，又拿来一套很宽大的衣服让我换穿。一身都干爽之后，他们又铺了一个床铺叫我躺下。大概我是真的受凉感冒，居然睡着了。

不知过了多久，我迷迷糊糊地醒来，发现自己躺在一个陌生的房间陌生的床上。那老妇人正俯视着我，虽然她的脸上堆满慈祥的笑容，但我还是吓哭了，许是联想到一些童话寓言中受坏人诱拐的情节吧。

老妇人用枯瘦的手抚摩我的短发，哄我、安慰我，又叫她的儿子端了一碗不知什么热腾腾的东西来。我像梦游似的坐起，把那碗东西吃下，肚子里充实了，身上也就有气力了。

中年男人问我家的住址和电话号码，老妇人叫我到隔壁房间去换穿我自己的衣服。原来，她已将我的湿衣烘干或烫干了。在换衣服的时候，我听见那男人在电话中讲话，好像是在同我母亲说话。我忽然掉下眼泪，不知是因为惊心还是安心。

未几，母亲雇了一辆黄包车来接我回家，雨还没有停，正在屋檐外淅淅沥沥地滴着水珠。我听到母亲同他们母子在寒暄道谢，又看见双方有

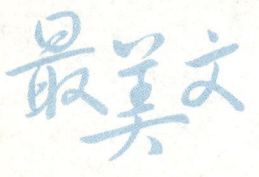

礼地一再鞠躬，可是我自己倒像是置身事外，做梦一般，有一种不真实的感觉……

那家书店叫做什么名字呢？我现在完全记不得了。那好心的店主人母子姓什么呢？我也一直不晓得。说实在的，我连他们的模样也早已经忘掉了。然而有时不免想：我从小喜欢读书，而在这平凡的生活里，从过去到现在，一直都与书本有着密切的关联，我读书又教书，看书也写书。

是什么原因使我变成这样子呢？我不明白，只有一点可能：在我幼小好奇的那段日子里，如果那书店里的母子不允许我白看他们的书，甚至把我撵出店外，我可能会对书的兴趣大减，甚至不喜欢书和书店也未可知。

在我平淡无奇的过去里，这是我时时想起的往事之一，虽然没有什么悬宕的高潮，也没有什么动人的结局，我甚至不晓得这整件事情是否可以算是一个故事。但是，每次回忆时，仍有一种如梦似幻的感觉，那种温馨的情绪也始终留存在心底。

（原载《大作文》2015年第5期）

一个爱书的人，他必定不至于缺少一个忠实的朋友；一个良好的老师；一个可爱的伴侣；一个温情的安慰者。一起读书吧，读书会为你带来千般好处。

11岁的小发明家

文 / 佟才录

兴趣是最好的老师。

——爱因斯坦

7岁开始获得国家专利，10岁时已经有三项发明获得了国家专利证书，11岁就已经被一家高科技公司聘为特约工程师，成为全国年纪最小的工程师——他就是惠州市第一中学初一年级学生朱彦臻。朱彦臻小小年纪，为何能取得如此瞩目的成绩呢？

朱彦臻从小就爱"折腾"，父亲的工具箱成了他的最爱，他把工具拿出来当玩具，时间不长，只有三岁的他就已经学会熟练使用锯子、电烙铁、螺丝刀、钳子等工具。他经常拿着螺丝刀把家里房门上的螺丝一颗颗拧下来，然后再一颗颗拧上去，乐此不疲。

到6岁时，他开始沉迷玩剪纸模型，一张白纸、一把剪刀经他鼓捣几分钟，就会变成生动立体的电视机、打印机、空调等模型。让他觉得特别好玩的是，他制作的一个打印机模型，把白纸放进去，居然真的打印出了一幅画。之后，他又在小汽车剪纸模型上添加电机、太阳能板、蓄电池和开关等零件，小汽车模型居然会跑了。

这两件事的成功，更加激发了朱彦臻搞发明的热情。家里的电器能拆的都被他拆了，为此妈妈像防贼一样防着他，可只要稍不留神，妈妈新

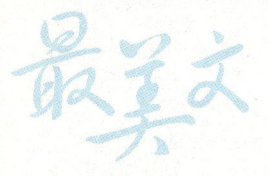

买回来的东西就又被他拆了。在朱彦臻的家里，电视柜上、茶几上到处散落着飞机模型、线路板、电池、开关、马达等，这都是他折腾的后果。虽然朱彦臻的瞎折腾让妈妈颇有些hold不住，却得到了爸爸朱海光的大力支持。

朱海光是惠州一家石化企业的工程师，他经常对儿子的小制作给出一些建议和指导，还专门教儿子如何安全使用万用表、电器、电路的知识。为了让儿子的爱好得到更好的发挥，朱海光给儿子买玩具特别舍得花钱。除了热衷动手制作模型外，朱彦臻平时最喜欢看央视的科教频道。当别的小孩还在看动画片时，朱彦臻却在科教频道里看别人如何进行发明创造。

慢慢的，朱彦臻已经不再满足于临渊羡鱼，他想真刀真枪地搞出一个自己的发明作品。一天晚上，他在台灯下写作业，突然想起在一次郊游中，看到农民用太阳能板做屋顶发电，他突发奇想，如果给台灯装上太阳能板收集光源，用蓄电池储存起来，就可以给小风扇、手机、MP3等供电，节能又低碳。

说干就干，经过半年的反复研制，他终于制作出了一台"台灯能源二次利用"的发明作品。恰好学校里举办科技艺术节比赛，他拿着自己的作品去参赛，一举获得了一等奖。后来，在爸爸的帮助下，他向国家知识产权局成功申请了专利。那一年，他才7岁。

从此，朱彦臻的发明创造一发不可收。其实，他的每项发明灵感，都来自对生活的细致观察。有一次，他和几个同学骑着自行车去郊游，玩着玩着，兜里的MP3没电了，大家都觉得很扫兴。

回来的路上，朱彦臻飞快地蹬着自行车，看着飞滚的车轮，他突然想要是把小型发电机安装在自行车上，发电机的转子通过连接自行车的传送带和转轴，在踩踏自行车时，转动的车轮带动发电机的转子转动发电，电能就能为收音机和MP3等供电，这样就再不用担心MP3没电了。就这样，"儿童娱乐和自发电装置的自行车"这项实用新型发明专利便诞生了。

"空调冷凝水加湿器"的诞生过程与其十分相似。那年夏天，朱彦臻家里空调的出水管被老鼠咬破了，眼看空调的冷凝水一滴滴渗漏出来，只能用盘子接水。此时，他又突发奇想，为何不把水利用起来呢？他想到，人在屋里吹空调，总会觉得口干舌燥。若把空调的冷凝水二次利用起来，给空调添加一项加湿功能，不就迎刃而解了吗？

为了更好地了解加湿功能的工作原理，朱彦臻特地跑到超市研究了一番冷风扇的操作，最后他把冷风扇的原理运用到空调冷凝水的二次利用上。他在管子里面装了紫外线灯管，用来杀毒，然后加入超声波，把水雾化吹到空气里。就这样，又一项新的实用新型发明在他手里诞生了。

如今，朱彦臻被惠州市政府选为"百名小发明家培养工程"的重点培养对象，派有专门的科学导师为他讲解专业的发明创造方法，帮他联系企业，把他的发明转化成生产力。日前，惠州市天煜照明科技有限公司已经将他的"台灯能源二次利用"的发明进行了投产。

谈到人生理想，11岁的朱彦臻像个小大人似的侃侃而谈："我长大以后，最想当一名发明家或科学家，能发明出更多的产品，让人类的生活变得更方便、更美好。"

（原载《读者》（校园版）2014年第19期）

我们总是说，兴趣是最好的老师，可是我们也经常忽视它。兴趣的确是最好的老师，沿着兴趣去探索自己，一定可以找到最好的自己。遗憾的是，好多人到最后都不明白，自己的兴趣到底在哪儿？

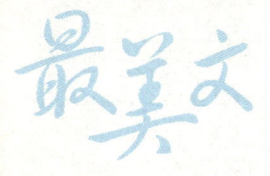

我是那个"别人家的孩子"

文/阿杜

知人者智,自知者明。胜人者有力,自胜者强。

——老子

一

李玫和杨桃桃都是我的好朋友,我们仨从小一块长大。

住一个家属区,上同一家幼儿园,无论上学还是放学,出生在同年同月的我们总是形影不离。我们穿一模一样的公主裙,留相同的齐耳短发,身高也差不多,曾有陌生的路人误以为我们是三胞胎。

我们很喜欢别人这样的误会,不解释,却乐呵呵地挤在一块笑。无论玩什么游戏,只要三个人都在,总是兴致盎然,玩得不亦乐乎。在幼儿园里,有谁被欺负了,另外两个肯定不会罢休。第一次听到别人说我们是"姐妹花"时,我们都乐疯了。

上小学时,虽然不在一个班,但无论课间,还是放学回家后,我们依旧在一起。在一起玩耍,一起写作业,一起说心里的小秘密,一起喜欢很多很多的偶像明星,唱那些我们喜欢的歌谣。我们约定要做永远的好姐妹,我们都把对方当成自己最最重要的好朋友。

可是上初中后,我感觉她们离我渐渐远了。虽然我们还是住在一个生活区，上同一所学校，但我发现，她们似乎不那么喜欢我了。表面上，我们仨还常常在一起，但我感觉得出来，我们之间突然横亘起什么了，让我们不能再像过去一样无话不说，也不能像过去一样无忧无虑。

找不到原因，我心里很难过。我不知道自己到底做错了什么，不明白她们为什么要排斥我。我们一起经历的事仿佛就发生在昨天，但突然间什么都改变了。可是，我很在乎她们，我们曾经是"姐妹花"。

二

杨桃桃性格温婉，小时候，她对我言听计从，于是我决定私下找到她，想问问原因。我不喜欢这样不明不白就被她们排斥出局，说好了三个人要做一辈子的姐妹，怎么能半路丢下我呢？

刚走到杨桃桃家的楼下，她爸的高音喇叭就响起了，"你整天都在干啥呢？读什么鬼书？考个七八十分回来，丢不丢人？你看看别人家的孩子，小萍，你们整天在一起，她成绩那么好，你怎么就不学学她……"

抬起的脚步又放下，虽然杨桃桃家住三楼，但她爸的声音响彻整栋楼。仰头望了望三楼窗户透出的灯光，我想象得到桃桃此时一定是躲在墙角泪流满面。她原本就是个比较爱哭的女生，每次父母一开口骂她，她肯定哭得泪水滂沱。只是在以前，每一次被父母骂哭后，她都会来找我和李玫倾诉，让我们安慰她。

我悄悄返回家，等待桃桃打电话诉苦。可是，我等了一夜连条短信都没有收到。

第二天早上，我去邀她上学时，她一个字也没提被她父亲骂的话。我几次想张口问她，却很犹豫，毕竟是大女孩儿了，我觉得问她这事，一定会让她难为情。我想如往常那样邀她一起走，却敏感地注意到桃桃在与我保持距离。

想着她的伤心处，我没往心里去，认为过几天情形就会改变的。

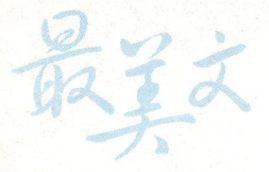

可是几天过去后,我发觉桃桃仍然在躲避我。

三

学校里的竞赛很多,这是我最喜欢的活动。参加比赛一来可以检验自己的能力,二来准备的过程也是拓宽知识面的过程,最不可思议的是,每次参赛,我都能获得不错的成绩。

我有很多的爱好,也喜欢作各种尝试,可能一开始并没有抱太多的想法,结果反而出乎意料。

李玫报名参加学校的歌唱比赛时,我最初只是陪她去报名,在她的怂恿下,也一起报名了。只是我没想到,学过几年唱歌的李玫,居然只得鼓励奖,反而我在李玫的辅导下随便唱了首她帮我选的歌,却意外地得了第二名。

颁奖时,我很激动地抱住李玫,她却是没什么反应。我热情地对她说:"玫子,这都是你的功劳,我真开心!"她冷冷地瞥了我一眼,漠然拂去我的手,仿佛我们只是陌生人。我疑惑地望着她,不明白怎么回事。

我们曾说过,无论谁得奖,都是我们姐妹共同的荣耀。以前,无论我们中谁获奖时,我们都会高兴地一起分享。她们不曾嫉妒过我,我也不曾嫉妒过她们。我们都是很努力的孩子,我们有相同的梦想。

"怎么了?玫子,我是不是做错什么了?"我问她。

"没什么。"玫子淡淡地说,然后背过身不再理睬我。

我愕然地望着李玫的背影,不明白她怎么了?

四

别人对我的排斥,我知道。我一直就是个敏感的女孩,那种在一起时是真诚还是敷衍,我能够感知。我真诚地对身边的人,却莫名其妙地被排斥,我想不通,心里特别压抑。

班上的同学始终与我保持一定的距离,可以说是"敬而远之"吧,这是我后来才弄明白的一件事。

虽然我在班上没有朋友，倒是在校文学社结识了一个学姐。她是学校里出名的"学霸"，每次考试都独占鳌头，而且参加比赛总能得到好名次。可是，她和我一样孤单，身边没什么朋友。

我们认识后常常在一起，我感觉她是个很好相处的人，既聪明，又善良，只是不明白，别人为什么都不喜欢她？

可能由于我们都属于不受同学欢迎的那类人吧，反而成了无话不说的好朋友。我把自己的心事说给了学姐听。她听后，笑了笑说："别太难过，这不是我们的错，我们都只是躺着也中枪的'别人家的孩子'。"

乍听到这句话时，我不明白她的意思，但我很快就释然了。

我终于弄清楚杨桃桃和李玫疏远我、排斥我的原因，是我的努力，我的上进，我的优秀成为了她们成长中难以逾越的坎。她们的父母把我当成了她们成长的标杆，我愈优秀，她们被骂被打的次数就越多……

小时候，当我们成绩差不多时，我们有一个共同的敌人——别人家的孩子，那是父母教育我们时常对比的目标。别人家的孩子都是千好万好的，是我们所憎恨又无可奈何的。

后来，当我努力成为优秀的孩子后，我也就成为了传说中那个让人羡慕嫉妒恨的"别人家的孩子"。

（原载《读者》（校园版）2014年第3期）

有一种孩子叫作"别人家的孩子"，这个孩子就像神一样地生活在我们的童年里。可是，令人痛心的是，他就是因为学习好，就被好多同龄的孩子视作敌人！

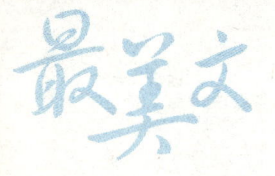

少年读

文/许冬林

读书使人心明眼亮。

——伏尔泰

回眸处,是一段葱绿葱绿的时光,潭水一样宁静,又如青草一样蓬勃。那是一段悠长的少年时光,沉湎于阅读的时光。

唐诗、宋词、《红楼梦》《简·爱》、席慕容、三毛,是那些美妙的书香将我的少年岁月浸染,浸染得有了与众不同的意味。每每回忆,内心充满感激,感激岁月年华,感激文字。

犹记当年读宋词,读李清照:"花自飘零水自流,一种相思,两处闲愁。此情无计可消除,才下眉头,却上心头。"读得眼前水雾迷蒙,心儿无着无落的,一时间惆怅不已,那个少年人,也化作了一片薄薄的素白的落花,在晚风里,在流水上,到了远方。

后来又读苏轼,读到"大江东去,浪淘尽,千古风流人物",再去看外婆家门前的浑浊江水,全然又是另一种景致。长江多老啊,那么多樯橹灰飞烟灭的往事,都在江水之上演绎。从此,我看到的长江,不再只是空间上的长江,更是承载着厚重历史的长江,是飘散着酒香墨香的长江。它苍茫、雄浑、深邃、风雅。

大雪天,读《红楼梦》真的是拥炉夜读啊,记得老师曾偶然说过,中国人不读《红楼梦》，都算不得中国人。寒假一开始，我就借了《红楼梦》回来。晚上，母亲准备了一个手炉，是那种红陶的手炉，里面盛了碎碎的炭。手搭在手炉的拎手上，书也搁在上面，一页页地翻阅，连书也添了木炭火的香。就着那一炉温暖，一个寒假，读一本传说中的《红楼梦》。读到黛玉焚稿，然后病死，一时悲痛不已，手炉也不要了，只歪在枕边无声大哭，泪湿枕巾。

窗外寒风萧萧，是深夜，只觉得满世界苍凉空旷孤独，再也读不下去了。一部《红楼梦》，写到黛玉之死，就可以收尾了，再不必写了，那时这样以为。换夜再继续读，又读到宝玉出家，茫茫的大雪，雪影里一个人，在船头躬身拜别父亲。这一回，倒没落泪，可是心上却是闷闷沉痛好久。此时是岁末，窗外也是大雪，月光下，一白到天际。回头体味文字里弥漫的那种辽阔无涯的哀伤和空寂，仿佛没懂，又似乎懂得了。

后来，又抄席慕容的诗歌在小本子上，一首又一首。书依然是借来的，《七里香》《无怨的青春》等好几大本诗集，抄得满心欢喜又沉醉，哪里嫌累！然后，自己的枕头底下便多了个湖蓝封面的本子，那里面有我写的诗歌，席慕容体的诗歌。偶尔借给体己的女同学看，她也给我看她写的诗。我们像两只幸福的老鼠，偷偷分享各自的文学青果。

在被窝里，打手电筒读三毛。撒哈拉沙漠在哪里呀？荷西是个大胡子的男人，真的很有魅力吗？长大后，我们一道也去远走天涯吧！那时，我们两只文学的小老鼠已在密谋大计。内心有小甜蜜，嘴巴上却不好意思说，其实心里都想那远走天涯的队伍里，一定会添加新成员，他是我们各自的荷西。他要不要也是大胡子呢？再想想，再瞧瞧……

如今，回头想这些读书的琐碎细节，深感文字的魅力，一个人在一本书里活了几辈子，大悲大恸大欢喜，小忧小愁小甜蜜。就这样长大了，内心丰富了，合上书页的那刻，沧海桑田；窗外阳光刺进来，啊，世上已千年。

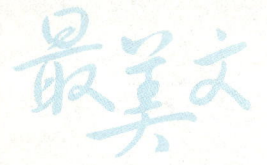

　　是啊,世上已千年,每每看到现在的孩子有那么丰富的课外读物,我总禁不住心底苍老地一叹。当我在一所中学自编的校本教材《文海撷英》里,又看到了那些喜欢的文字时,忽然有一种血液倒流的激动,仿佛回到青涩年少。"唐诗四季","魏晋风度",豪放派词,婉约派词,《红楼梦》,《简·爱》……看到这些自己曾经喜欢、一直喜欢的文字,仿佛在单调无聊的长路中行走,突然看到一处深谷碧潭,看到一丛篱下白菊,看到春水涣涣处云生,看到青草离离处鸟飞。

(原载《意林》(原创版)2014年第1期)

　　那时候我们的确是喜欢读书的,日日夜夜,沉浸在一个个故事情节里无法自拔。可是后来随着年岁的增长,被社会浸染,我们变得很功利了,似乎不怎么有耐心去读一本书了。你还愿意静下心来读一本好书吗?

不再当"消防栓"

文 /〔美〕鲁斯迪·费斯科 孙开元编译

每一个人都是独立的个体,独一无二,无法复制。

——艾琳·凯迪

我在很小的时候就喜欢玩橄榄球,那时的我个头不高,可是又有力气又很胖。我们的"大蜘蛛"橄榄球联队没有年龄限制,但要求有足够的体重,我在8岁时体重就达标了。

可是,在我长到11岁的时候,我的体重超标太多了。不过,爸爸是球队的一个赞助人,也是教练的朋友,所以我又觉得没理由放弃。但我虽然只有11岁,可体重达到了200多磅,得想个办法才行。

教练知道我遇到了麻烦,所以他想了个好主意。一天,他递给我一件用黑色垃圾袋做的T恤衫。

"穿上它!"他低声命令着,然后帮我把脑袋和胳膊从垃圾袋上剪出的几个窟窿眼儿里探了出来。"绕着训练场跑,我让你停再停!"

我每跑完一圈就迟疑着朝他挥手示意,而我的队友们则戴着漂亮的头盔说着什么——时不时地还指着我笑。

"接着跑,消防栓!"教练嘴里叼着雪茄吼着。"消防栓"是他给我起的外号,没人能说出教练为什么会给我起这个外号,我想可能是我现在这个样子就像个消防栓吧。

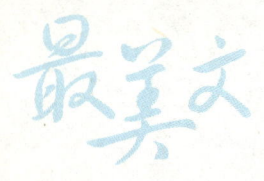

　　每天训练我都要穿着这个丑陋的垃圾袋跑几圈,我一边在草地上跑,一边就能听到胳膊下面垃圾袋摩擦出的沙沙声。我那两条又短又粗的大腿不美观不说,还老让我绊住甚至跌倒。其他的队员们这时就会小声笑出来,我的痛苦只有我知道。多少天过去了,垃圾袋衬衫并没能帮我减下体重,教练又要带我去附近的一家浴池里洗桑拿浴。

　　在接下来的星期六,我骑着自行车到了那儿,教练又让我穿上这件塑料衫,然后把我塞进了一个木头小屋,里面有两把长椅,旁边的架子上摆着热得发红的石头。他把水倒在石头上,一股蒸汽就冒了起来,然后他就关上了屋门。

　　透过屋里窗户上的一个小孔,我看到教练正在外面一边嚼着圈饼,一边喝着咖啡。我从昨天就没吃过东西,此刻肚子骨碌碌地叫了起来。

　　我大汗淋漓地坐在浴室里,不知道还要这样撑下去多久。从我10岁的时候起,我就开始起劲地减肥。我每天都不吃早餐,到中午才在学校里吃带去的一盒饭,可根本不管用,体重就是下不来。

　　教练偶尔会把他那个公牛一样的脑袋伸进浴室,看我还活着没有。我坐在浴室里淌着汗,忽然意识到很不对头。星期六的早晨,别的孩子都还在睡觉,我却穿着捂一身汗的垃圾袋!我这是为了什么?

　　我突然间明白了,我在逼迫着自己做一件自己根本不想做的事情!想到这儿,我决定不能再这样撑下去了。

　　我两腿哆嗦着站了起来,走出了桑拿浴室。我终于明白了,我不必为了得到别人的肯定就非要进行这种训练不可。

　　"我告诉你可以出来了吗?"教练几分钟后从游泳池里出来了,看到我正一边喝水,一边享受着一块他那油亮的圈饼。

　　我摇了摇头说:"我放弃了。"我声音颤抖着说。

　　"放弃?"他冷笑着对我说。"你不能放弃,你爸爸会怎么想?你不想让他因为你而自豪了吗?"

但是问题就在这儿，我这次有了自己的主见，如果爸爸不会因此而为我感到自豪，那他对吗？我是个好孩子，从来不惹麻烦，学习成绩也好，我还非要做自己不想做的事不可吗？

我摇了摇头，告诉教练这一切都结束了，我不想再忍饥挨饿了，也不想再穿着件垃圾袋让别人笑话我了。

教练马上给我爸爸打了电话，向我爸爸解释完后，他嘟囔着把话筒递给了我，我的手有些哆嗦。

爸爸平静地说，"教练说的是真的吗？"

"是的，"我低声对着话筒说。

"你不想再打橄榄球了？"他又问。

"再也不想了，"我喘了口气说，爸爸在电话里笑了，这让我感到很意外。"我还以为你想当一名橄榄球星呢！"爸爸说。

我放下电话，向教练告了别，骑上自行车走了，教练站在那里，怒气冲冲的没说话。

从此，我开始了新的生活，更自信也更成熟了。一天，我们全家人出门时遇到了教练，"'消防栓'是什么意思来着？"他冷笑着问我。

爸爸看了看我，然后纠正了教练："你说的是'鲁斯迪'，对吗，教练？"教练嘴里叼着雪茄，咕哝了一句什么，但已经无所谓。

从那儿以后，再也没人叫我"消防栓"了。

(原载《语文报》2015年第14期)

我们经常被迫成为别人心中的那个自己，我们所做的一切，无非就是赢得别人的满意。可是我们自己呢，幸福吗？可能只有自己知道了！

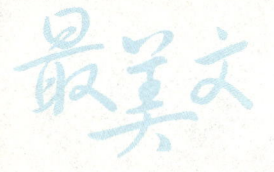

你是我最好的勇士

文 / 北卡不卡

做一个真正勇敢无畏的人。

——林肯

七年前,你开始学着独立。

那年的八月下旬,恰是蝉鸣聒噪的时节。

你离开生活了十七年的北国,在大学录取通知书的指引下,一个人乘坐老旧的绿皮火车,去遥远的古城西安寻找属于自己的壮丽天空。

那时的你很傻很天真,初次告别父母的羽翼,总以为这个世界到处充满宽容。

直到有一天,室友将你的暖壶碰碎,将你悉心照料几个月的小小盆栽打翻在冰冷的瓷白地面上,却连一声"抱歉"都懒得说;

直到有一天,和你称兄道弟的男生,因你固执地不肯借他抄袭四级听力的答案,就此与你老死不相往来,发誓再不带你唱K、喝酒、打桌球;

直到有一天,你在城北的公交车站被小偷摸丢了手机和钱包,饿着肚子忍着眼泪,却到傍晚依旧四顾无门,怎么也回不去熟悉的南郊……

那时,你才终于明白,原来并非所有地方都叫家乡。

于是在某个傍晚,你孤单单地站在八里村的立交桥上,望着脚下的车水马龙，在心中默默对自己说：在这个川流不息的世界上，只有自己才是永远不倒的靠山。

六年前，你开始学着温暖。

你常常听到"人情冷暖"四个字，然而真正领悟到其中的真谛，却是在零八年五月。

举国轰动的汶川地震，从遥远的川西一路而来，无情地撼动着你曾以为固不可破的古都西安。

那是你第一次经历地震，第一次直面大自然的怒吼。

多年以后的今天，你依然清楚地记得那些埋藏于残砖碎瓦下的骇人画面。

你曾见过生的渴求，死的绝望，亦见过徘徊于生死边缘的勇敢与挣扎；

你曾见过呼啸而过的生死别离，痛彻心扉的哭喊铭记，亦见过亲人重逢时泛滥成灾的眼泪与欣喜；

你曾闭上眼睛，仔细聆听自己的心跳，以此祭奠那些消逝在昨天的生命……

在那段特殊的日子里，惦念与牵挂，悲悯与宽容，都成为唾手可得的心灵养料。

所有你曾以为奢侈的美好，都那么真切地融进你所生活的每一寸土地，浸润了行将封闭的内心。

为了躲避余震，你与同窗在操场上度夜。你们分享着彼此的零食，也分享着户外夏夜最为宝贵的蚊帐，亲密一如并肩多年的手足。

放飞孔明灯的一瞬间，你曾在心中为整个世界祈福，那么真挚，那么虔诚。

你希望那些你看得到的、看不到的艰辛，都融化在温暖的灯火中。你

希望每一盏孔明灯都能搭载一段苦痛,一寸一寸飞向墨色的夜空,从此不再落入这饱经沧桑的人间。

走过那个充满动荡的五月,你已挥别了从前那只倔强孤高的后青春刺猬,重新拾回了属于这座古城的温度。

人情之中的冷暖悲欢,你终于迟迟懂得。

五年前,你开始学着坚强。

大三那年,你一边忙于社团事务,一边没日没夜地练习着英语听力。本就不胖的身子一天比一天瘦削,本就丰盈的心里却逐渐变得更加富足。

你那么信誓旦旦地去挑战剑桥商务英语,说要为来年踏入社会增添一笔亮色。你那么斗志昂扬地奋力前行,总以为缤纷的未来正在一步步靠近。

可是傻孩子,这世上哪会有不经历痛苦就能成长的好事?

在某个瑟瑟的冬夜里,你忽然接到家里打来的电话。

你这才知道,母亲因为太牵挂远方云游的你,竟患上了严重的"抑郁症"。这种恶魔般的病症与心脏病一起,终日折磨她,令她苦不堪言。而父亲心中愁苦,肝病也随之发生了无可逆转的恶化。

那一刻,你紧紧握着听筒,努力不让眼泪落下,忽然就变得坚强起来。

成长是什么?就是曾经顾影自怜、悲春伤秋的自己,终于能够勇敢地站出来,朗声地告诉这个世界——我可以承担所有生命不能承受之重。

从那天起,你就变得比从前更加忙碌。室友总说你是"无事忙",你却只能苦笑。若真的无事,谁不愿快意人生?

可你只能马不停蹄地朝前奔跑,既不放弃你执意要征服的电子学专业课和剑桥英语,亦不想冷落堆积在床头的营养学和心理学书籍。

在生活的遥遥路途上，你背负着命运交给你的使命，肩负起亲情施予你的重量，就这么一路跌跌撞撞，踽踽独行。

也许你不曾拥有太多围炉夜话的美好时光，可是多年以后，当你终于成为生活中无可匹敌的强者，当你终于将自己塑造成自己最喜、最向往的模样时，你真的可以堂堂正正地说一句：

"感谢岁月赠我以磨难，也感谢我所拥有的那些，近乎偏执的坚强。"

四年前，你开始学着领悟。

每一个即将挥别象牙塔的孩子，都曾经历过那样一段兵荒马乱的年月。

那时的你，也同身边所有人一样，跻身在求职问路的汹涌人潮中，晨昏昼夜不得清闲。

夜色深沉时，你手捧一杯浓茶，拧着眉头研习五花八门的面试技巧，如此奋战到天明。

晨曦初现时，室友仍在睡梦中，你却已将一身暗蓝色的小西装穿得笔挺利落。与静谧沉睡的校园挥手作别，辗转着赶往下一个面试地点，或近或远，仿佛永远不知停歇。

印象里，你曾自信笃定地完成过数不清的面试，却也曾在一次压力很大的面试中，经不住面试官太过凌厉的质问，难堪地当场落下眼泪。

很久以后，当那位英俊睿智的面试官终于成为你踏入社会的第一位指导人，当他温声软语地宽慰你，叫你不要对他当时的刻薄记恨在心时，你才迟迟领悟一个本来就很浅显的道理。

原来这世间真的没有绝对的非黑即白。

那些你以为困顿的局面，终将迎刃而解；那些你所忍耐过的一切，终将化作丰厚的养料，滋养你未来的百态人生。

如果不曾尝过慌乱的滋味，又如何才能懂得什么是从容？

当有一天，你与毕业季依依惜别，你终于清楚地觉察到这一年来的收获——浮夸已远，而淡然依旧。

如今，你已破茧成蝶。

三年前，你开始学着感恩。

北漂生活的艰辛，远远超出了你的想象。

你曾说，北京这座城市就像是一个激进的角斗士，永远行步匆匆，永远马不停蹄。

记不得有多少次，你在澄明的镜子里看到自己的倦容，总忍不住想起早秋原野上的蒙蒙雾霭，与远处未落的星月融在一处，落于心底，变成一声模糊而遥远的叹息。

你曾在一篇日记里写过这样的字句——时光如同佚名诗人的笔触，轻柔地落在每个人的眼角眉梢，一横一撇写就韶华，一竖一捺书尽青春。

偶尔，你会怔怔地望着拥挤的人群，心生感慨，抱怨青春不再，而岁月忽老。

然而更多时候，你却是心怀感恩的。

感谢没日没夜的辛苦劳作，令你在漫长的年月里衣食无忧；

感谢百般挑剔的老板与客户，令你明白怎样才能在这个竞争林立的世界里为自己霸占一方净土；

感谢游子离乡的孤单，令你更加真切地体会到亲情的分量，从遥远家乡传来的只言片语，每每落在耳中，便如坠心头……

一直以来，你似乎总在马不停蹄地失去着什么，然而，你却永远不会因此变得一穷二白。因为在那些斑驳明灭的暗影中，你总能看到阳光透过罅隙，落成岁月里最为明媚的影像。

你始终记得——心若宽广，世界便可成为宽广的模样。

这些年来，我看着你一步一步孤勇前行，也曾无数次为你心酸，为你心疼。然而，在这封信件的最后，我只想将《巴别塔之犬》里最触动人心的话语送予你：

你是我最好的勇士。
You are my best warrior.

（原载《语文周报》2015年第28期）

人总是要学会长大，经历蜕变，而这些都是自己去完成的。因为每个人到了最后，只能是自己面对断壁残垣，经历过黑暗和幻灭以及无力感，最后你才会彻底地勇敢起来。

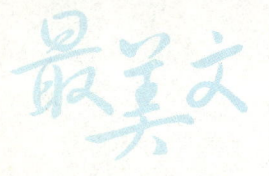

在二十岁之前,去二十岁之后

文/阿识学长

> 青年的敏感和独创精神,一经与成熟科学家丰富的知识和经验相结合,就能相得益彰。
>
> ——贝弗里奇

在我二十岁之后,每次朋友约我去 KTV,我都想编出很多个理由拒绝参加,我说我不会唱歌,不会喝酒,更不会聊天。我总觉得像我这样的一类人坐在 K 歌房里只看着别人尽情嘶吼、深情演唱、将酒瓶和易拉罐弄得哐当作响,会是一件特别尴尬的事情。

我会时不时看看手表,去去洗手间,将水龙头来回地拧开又拧紧。我就这样把自己弄得没精打采,然后摊在沙发上睡起觉来。等我被朋友叫醒时,天已经蒙蒙亮,大家都要散伙了。

有很多时候,我们明明知道自己不喜欢做某一件事,但我们还是会硬着头皮去喜欢。我们可以说自己没有主见,但我们绝对不能对别人说,你不要再强迫我了。因为二十岁之后,我们所面对的不单单是纯纯的友谊,更多的还是社交和资源。

长大成二十岁的人,内心确实是挺孤独的。我们一再强迫自己不能再像二十岁之前那样放荡不羁、热爱自由,我们明明骨子里讨厌抽烟和喝酒,却还是义无反顾地蹲在路边大口大口地抽吸起来。我们的真实想法就是因为风吹走了二十岁之前的云彩，才会被雨淋湿。二十岁之后的每一场雨都可以说它不解二十岁之前的风情。

我记得我二十岁之前，其实是一个特别喜欢唱歌的小男孩。每次班里上音乐课，即使老师没有拿麦克风又或是没有音乐伴奏，我也会将手举得老高，然后把书本叠成圆筒状，一飞到讲台上就扯破喉咙飙《青藏高原》。

我明明知道自己的嗓子不够清亮，吐字总咬舌根，但我还是会唱得激情高亢。有很多次，我唱着唱着就直接站在了老师的讲课桌上，我竟像一位歌唱家，又唱又晃，还指挥其他同学。没有一个同学说我唱歌不好听，虽然我跑调了，但我很接地气，我的歌声能给他们带去欢笑，留下深刻的印象。

也许，你活在这个世上已经唱了很多首歌，但你并不指望有一首歌能够等别人再听到时会想起你。这不是你的嗓子不好，音质不准，而是你不懂二十岁之前的我们。

我总说，二十岁之前的我们"坏"得透顶，我们巴不得学校每天停电，那样就不用再上晚自习，我们便可以在月光下张扬自己，唱起歌来。有很多人在白天会假装不会唱歌，但一等到晚上大家都开口了，他一定是那个坐在教室最后一排唱得最响的人，他实在太压抑了。

我也总说，二十岁之前的我们整天乐不思蜀。周末一放学，我们就会成群结队地跑到网吧。女孩子喜欢玩QQ炫舞，她们会一边摇头晃脑，一边将音量上下来回地调拨。男孩子则对自己的CF战友爱之深又恨之切，他们总扛枪对骂，在耳麦里叫得热火朝天。我们真巴不得那小小的世界只有自己的声音。

如果不泡网吧，那我们肯定会跑到K歌房唱歌。那时，我们最迷恋的歌手莫过于许嵩和周杰伦了。因为学校的广播里总放他们的歌，所以我们总喜欢坐在教室里交头接耳，到底是许嵩的清新文艺范儿好听，还是方文山给周杰伦写得中国风歌曲好听。等我们到了K歌房时，才会惊奇地发

现，原来许嵩和周杰伦可以唱得一模一样，因为麦霸总是一个调调。

在我二十岁之前，我也是个名副其实的麦霸。我总跟着比我高出一个多头的一大帮同学，在一家开在胡同旁的K歌房唱歌。无论新歌老歌、民歌山歌、儿歌情歌，只要我能哼出一两句的，我就会拿着麦一会儿跑到左边哼哼，又一会儿跳到右边哦哦，真是不上不下，不前不后，又唱又读。如果有哪位同学说我故意影响他唱歌了，我一定会和他吵得面红耳赤。如果有同学说我是块音乐绊脚石，即使我打不过他，我也会趁他不注意先给他一拳。麦霸是不允许输在别人后面的。

但在我二十岁之后，渐渐的，我发现自己不怎么爱唱歌了，我只单单喜欢一个人塞上耳机听歌。我越来越不喜欢许嵩和周杰伦的歌了，我反而越来越迷恋华仔和Eason，我觉得他俩的歌能唱出我二十岁之后的声音。

在我二十岁之后时，我想要一轮大大的圆月亮，然后我每天晚上看完书就可以盘起腿，坐在有风吹过的草坪上一动不动。不要问我为什么会发呆，也不要管我是自言自语还是偷偷流泪。说真的，自从我二十岁那天和一些人、一些事在K歌房告别之后，我就发现自己再也不渴望长大了。

曾经因为很喜欢唱一首歌，便发誓要快快长大保护她。可等到自己长大以后，她却已远走天涯，我看不见了。剩下来的时间，便一个人静静地听歌。

（原载《考试报》2015年第31期）

我经常想的一个问题是，关于长大，关于成熟，这些词汇背后的真相是什么？潜台词是什么？是规则吗？是屈服吗？还是别的些什么？可是我知道，在经历过社会浸染以后，每个人都会失去本来的面目！

莫小贝的孤独你不懂

文 / 安心

> 这个世界……是孤独的,在它以外什么都没有,它只靠作为整体而静止不动的它自己,它自己就是一切。
>
> ——刻卜勒

一

莫小贝不知道自己怎么了?江强和过去一样,跟她开了个无伤大雅的玩笑,她却当真了,扯着嗓子和他吵起来。江强没有想到一向温顺的莫小贝,像是突然吃了火药,每一句话都像"嗖嗖"射过来的子弹。

在江强发愣的片刻,莫小贝忿忿地转身走出教室。望着校园里郁郁葱葱的榕树,满眼盎然的绿意都没有抚平莫小贝烦躁的心情,她的脸上依旧挂着不耐烦的表情。虽然她现在有些后悔,但事已至此她不可能再去收拾残局,莫小贝心里充满了欲哭无泪的感觉。

二

江强在大家面前丢了脸,也暗暗决定:如果莫小贝不主动找他和好,他就准备不再搭理她。一直以来,莫小贝都对他言听计从,现在却突然让他颜面扫地,这太伤自尊了。

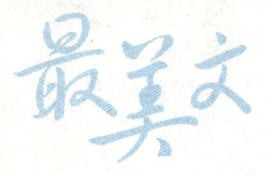

两个相处多年的好朋友就因为这点小事分道扬镳了,江强的人缘好,他依旧每日在教室里大声喧哗,和其他同学追逐打闹,玩得不亦乐乎。莫小贝以前和江强形影不离,大家都说她是江强的"跟班",现在俩人吵架分开后,她就形单影只,孑然一身。

看着孤单的莫小贝,江强心里很不是滋味,但他又放不下姿态。虽然他整天和大家嘻嘻哈哈,表面看似快乐,但心底里也有难以言表的落寞。

三

莫小贝躺在床上,望着窗外幽暗的夜,心事烦乱,难以入眠。她不明白自己到底怎么了?以前江强也常逗她,但她从没有像这次这样"火冒三丈",从没有觉得自己的尊严受到伤害。不知从哪一天开始,她不再愿意当江强的"跟班",当一个被人"嘲弄"的对象。虽然明白那只是一个玩笑,但她还是不再愿意。

莫小贝希望这次江强能主动示和,以前每次两人起纷争都是莫小贝主动道歉,这次她不想再主动了,凭什么都是我道歉呢?莫小贝愤愤地想。纷繁的心事像蔓藤般缠绕着她的心,织成了密密麻麻的网,让她难受。

看见江强和别人玩得兴高采烈时,莫小贝撇撇嘴,不屑地想:有什么了不起呢?你江强再怎么人见人爱,我莫小贝都不稀罕。她沉溺在一个人的世界里,心里酸酸的。

四

班上的同学都在背后议论,说莫小贝小心眼,一点鸡毛蒜皮的小事也要闹翻天,活该没有朋友。也有同学指责江强不该逗弄莫小贝,毕竟十几岁的人了,谁会没自尊呢?莫小贝听见别人的嘀咕后,莫名地笑了笑,眼神中却盛满了忧伤。她并不想失去江强这个好朋友,可是她又不甘心,那么多年的友谊，为什么就得靠自己一个人来维持和努力呢？不对等的友谊是多伤人啊！

莫小贝心情不好，在家里也和妈妈起了冲突。她烦老妈整天絮絮叨叨地重复一件事，烦老妈总是嘘寒问暖把她当成小孩子，烦老妈不让她自己做主，买她并不中意的衣服。爸爸在吃饭时，才说她几句，她又把枪口对准老爸，两个人不欢而散。

莫小贝不明白自己为什么会突然间就变成了一只充满锋芒的刺猬，让所有人都不愿意与她接近。这让她很迷茫，感觉自己不再是自己了。

忧伤的莫小贝沉默了，她不再轻易地把心事说出来，也不再像过去一样无忧无虑，似乎对任何事情她都烦躁不安。原来那个温顺乖巧的我哪去了？莫小贝望着高远的天空喃喃自语。

五

独处的时间里，莫小贝总是呆呆地望着窗外冥想。她想去流浪，去一个谁也不认识她的地方，那里有无边无际的草原，有奔驰的骏马；或者是大雪山，银装素裹的世界，洁净的一片白。或许在那里，她才可以忘却所有烦恼，让自己开怀大笑。

一次次的遐想中，莫小贝仿佛自己已插上了翅膀正翱翔在蓝天白云中，心情微微然飘扬起来。她偷偷观察江强在心里捉摸，那些美妙的想法，他是不是也有过？可是看见江强正和同桌聊得口沫横飞时，她又愤然：就算自己哪天真出去流浪了，也不愿意和他搭伴。

莫小贝心绪如云，跌宕起伏。她的成绩一般，和所有不爱学习的学生一样，完成作业只是为了应付老师的检查。在老师眼中，除了成绩优秀的学生外，就是最调皮捣蛋的学生了，那些成绩中等的学生很难让老师留下印象。莫小贝就是这样，她常感觉自己在班上是个可有可无的人，即使哪天她转学了，也不会让人想念。

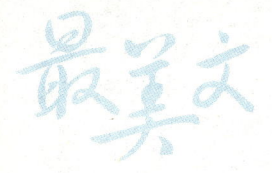

六

可是她想让同学留下印象,想让大家尊重她,知道她也是有自己独立思想的人,她不想成为江强的"跟班"。希望母亲能够尊重她的喜好,父亲能尊重她的想法,而不是被所有人支配,但所有人似乎都不理解她。

找不到可以倾诉的人,莫小贝愈加沉默。她的内心深处一直有个声音在回响,擂鼓般地震动,她想向别人证明她是独立存在的,并不需要依附于任何人。

没有人能读懂莫小贝,江强也不明白。他只是感觉莫小贝变得很陌生,不再是过去言听计从的莫小贝了。

莫小贝确实变了,她变得更加淑女,脸上点缀着青春痘,但是脾气也越来越大,像个"塞满火药"的筒子,一点就可能爆炸。看着镜子中的自己,莫小贝也感觉陌生,但是她似乎又很欣喜自己"乖乖女"的雏形。

患得患失的心情在时间的推移下渐渐平复,莫小贝那种急于表现自己的想法也变得淡了,火爆的性子也较收敛,整个人又变得平和。

七

莫小贝并不明白,这是青春期成长的必然过程,一个暗礁丛生的阶段,所有人都经历过。只是她的反应和表现比别人都明显罢了,曾经压抑的心性得到了释放。

在这段孤独行走的青春岁月中,莫小贝渴望江强的友情,但又排斥自己以"跟班"的形式出现在江强身边,让她成为被人"嘲弄"的对象。种种过激的反应源自心底最真实的渴望,她开始拥有独立的人格,希望得到:尊重和重视。

我们每个人都曾经历过这样一个阶段,只是有的人比较激烈,有的人比较平和，但孤独如影随形，那是成长的一堂必修课，是学会审视自己内心的开始。

(原载《聪明泉》(少儿版) 2013 年第 11 期)

孤独是必修课，成长是必修课。我们都曾经历过这样的时刻，不管是别人以你为榜样，还是你跟在别人屁股后面跟跟跄跄地追赶。最后的结果依然是自己成长了，这便是不断寻找自己的过程。

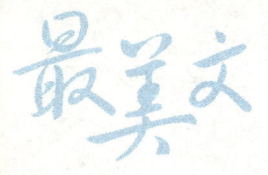

假如灯熄灭了

文 / 孙道荣

世界上没有才能的人是没有的。问题在于教育者要去发现每一位学生的禀赋、兴趣、爱好和特长,为他们的表现和发展提供充分的条件和正确引导。

——苏霍姆林斯基

家长会上,老师开门见山地问,你们真正了解自己的孩子吗?有的家长点头,有的摇头,还有的点点头后,又摇了摇头。

老师说,前不久,在一次趣味班会上,我问了孩子们一个问题:假如到了晚上,家里的灯突然熄灭了,你怎么办?每个孩子都给出了自己的答案。我们先来分析一下孩子们的答案。

有的孩子回答说,叫爸爸修呗。

家长们都笑了。老师说,这样回答的孩子,说明他的爸爸很能干,是家里的顶梁柱,也是孩子心目中的"英雄",这样的家庭,亲子关系比较和谐。但也说明了这个孩子依赖性比较强,平时遇到问题,出了什么事,都会首先想到自己的父母。如果这个爸爸在每次灯熄灭了的时候,也教会孩子自己去更换,那就更利于孩子的成长了。

有的孩子说,灯坏了,家里黑了,那我们就睡觉吧。

家长们又笑了。老师说,这个孩子是随遇而安型的,你可以说他是消极等待，也可以说他心态非常好，能够适应不同的变化，遇到挫折时能够沉得住气。在浮躁的社会，不焦不躁其实就是一个很大的优点。

有的孩子的答案是，灯坏了，没关系，我们可以点蜡烛啊。

老师说，这样回答的孩子，内心中往往有一种积极意识，善于应对突发情况，而且有一种创新的精神，总是有能力将看起来的坏事变成好事。这样的孩子，即使现在学习成绩不是特别好，但将来长大之后，在错综复杂的社会中，往往能够应付自如，而且会颇受人欢迎。

有的孩子说，灯熄灭了，赶紧请物业来帮忙修理一下嘛。

老师说，这个孩子，善于合理地寻求帮助，而且能够找到正确的，也是有效的办法。

有的孩子回答说，家里的灯坏了，我们就搬到旅馆里去住一晚。

家长们再次笑了。老师也笑了，她说，我估计这个孩子的家里，一定真实地遇到过这样的情况。这样的孩子，对新环境的适应能力比较强，一点也不惧怕外部环境的变化，有时反而乐于享受因变故而带来的变化。今后到外地上学，会很快适应。

有的孩子说，一个灯熄灭了，那就开别的灯啊。

老师说，我很欣赏这样的孩子。我的问题是，家里的灯突然熄灭了，你怎么办？这个孩子，他注意到我并没有说家里所有的灯都熄灭了。一个灯熄灭了，打开另外的灯，这是最简单，也是最有效的办法。这样的孩子，思路往往比较开阔，看问题常常能够另辟蹊径，找到与众不同而又简单可行的办法。

最后，还有个孩子是这样回答的，灯坏了，我就到森林里去捉萤火虫来照亮房间。

家长们忍不住哄堂大笑。

老师若有所思地看看家长们说，大家是不是觉得这个孩子的答案很可笑，太不切合实际了？但我一点也不觉得这个孩子的回答是可笑的。相

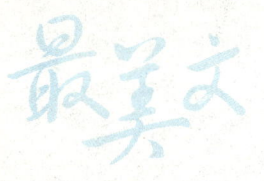

反,我认为这虽然不是一个可行的办法,但却是最具想象力,最富浪漫情怀的想法。这样的孩子,往往很感性,多愁善感,我觉得她长大之后,很有可能成为一个诗人、作家。事实上,她已经表现出了这方面的潜能,她的作文,是我们班里写得最好的。

老师说:孩子们的回答,可谓五花八门,其实,这个问题没有标准答案,孩子们的回答也没有对错、好坏、优劣之分。我之所以将这次班会拿来与大家分享,是想让我们的父母明白,每一个孩子都有自己的天分,有各自的长处,无论你的孩子给出了怎样的答案,它都只是一个小窗口,一个帮助我们了解自己孩子的窗口。在孩子的座位上,有一张纸,上面记录着的,就是你的孩子的回答。

家长们低头读自己孩子的答案,陷入沉思。

最后,老师说,我愿拿其中一个孩子的回答,来与我们的家长共鸣:假如一盏灯熄灭了,那我们就打开另一盏灯吧。

(原载《杂文选刊》2015 年第 7 期)

这个故事背后的深意,我想真的是意犹未尽的。当孩子面对问题来想应对方案时,就把孩子的综合素质表露无遗,可是最后折射的却是家长的教育。我想,每个家长都应该慎重地思考一下这个问题。

永远都在成长

文/〔美〕鲍勃·波克斯 孙开元编译

一个人若是年轻而且孤独,完全专心于学问,虽然"不能自给",但却过着最充实的生活。

——艾芙·居里

这里人很多,我都纳闷自己为何忙里偷闲来到这家商场里散心。每当遇到难缠的事情,我的脑子又几乎已经麻木不仁,我就知道自己该歇口气了。

在我小时候,我们一家人喜欢在星期六的晚上出来逛商店,其实就是为了离开家一会儿。我们经常把车停在附近的购物中心外边,一边吃着喜欢的零食,一边看着来来往往的人们。

自从那时起,在这家商场里小坐片刻就成了我最惬意的时光。我不会坐太久,从不像个老爷子那样坐在这儿打起呼噜。我也不喜欢扎堆闲聊,只是吃点东西,养足了精神就离开。

不过今天正赶上购物高峰,商场里人声嘈杂。大厅里一共有三把长椅,我幸运地在一把椅子的紧边上挤了下来。

来这里的人老少都有,店员们来回忙碌着。突然,大厅里一阵骚动,一个12岁左右的漂亮小女孩跑到了坐在我旁边的那位女士身旁。女士说:

"怎么不和我坐一会儿？"女孩看上去很文静，但随即开始发起了牢骚，显然是椅子上没有了地方，这让她很烦。

"可我坐哪儿啊？没有我的地方了。我倒是想……和大人一样……想开心……想有个位置！"小女孩说。

这不只是想找个地方坐的问题，是一个少女想要发现自我，在寻找一种归属感。

我刚想给女孩让出自己的座位，正巧，坐在女士旁边的一位老先生站起身走开了。他可能是不想掺和进去，但这对我来说却正是个搭话的机会。

"其实你不是只想找个座位，对吗？"我看着女孩说。

"什么？你在跟我说话吗？"她问。

"是的。"

"我确实是只想找个座。"

"我想起了自己在你这么大时也是这样，遇到这种情况就会受伤。"

"你受伤？出什么事了？"

"不是在身体上，而是心里受伤。我想融入生活，不只是在朋友圈，而是融入整个社会。我想看到一个真正的自己，那时候，当我站在镜子前，我都不知道自己看到的是谁。"

"妈妈，你看人家都知道我的感受。"女孩对她身边的女士说。

"先生，我也跟她这么说过，但因为我是她的妈妈，同样是这句话让我一说，她就说我是在讽刺她。"女士说。

"我理解，因为我有两个儿子，我也正发愁没法找到个会说'儿语'的翻译。"我笑着说。

然后我又对女孩说："我告诉你吧，这一切都会过去，不是消失，而是成长。人都会走出这些年少时期的烦恼，面对生活中新的挑战而变得成熟，然后变老，最终你会找到自己的归属感的。有一天，你会突然明白自己需要的是什么，但这个世界也像你一样会变化的，那些对于你来说曾经无比重要的梦想也许会淡去，因为你有了新的目标。有些事情你可能现在还看不到，但有一天它会突然出现。你在一生中会很多次面对镜子拷问自己，这对你是有好处的，因为你无法对镜子里的人撒谎，你无法假装成别的什么人，思想不会对你撒谎。"

"那我不是要苦恼一辈子了吗？"她问。

"不会，当你找到真实自我的价值时，你就不会苦恼了。信不信由你，苦恼也是一件好事。你就像一朵玫瑰，现在你还只是个成长中的小花蕾。现在的你正开始开出花朵，伸出的花瓣和你有同样的疑问：'我要开向何方？'"我说。

"但我不想当玫瑰花。"她俏皮地说。

"说得好！由此你可问问自己：'如果我是一朵花，我愿意作一朵什么花？'然后你就作那朵花儿！"

"但我成长得太久了！"她说。

于是，我给她讲了一个故事："有一种叫做中国竹的植物，在种下后的头四年，无论你怎么给它浇水施肥，可它好像一点儿动静都没有。等到第五个年头，你再给它浇水施肥，不到五个星期，它就会长到90英尺高。"

"哇！"她惊叫起来。

"现在我问你，它是在五个星期里长起来的，还是在五年间？"

她想了一会儿，然后轻轻叹了口气，安静地回答："五年。"然后又说："我啥花儿都不当了，我要当竹子！"

众人都笑了起来，女孩转过身，和妈妈拥抱了一下。我站起身和她们告别，在拐弯时我转过身又看了她们一眼，看到小女孩这时也站了起来。

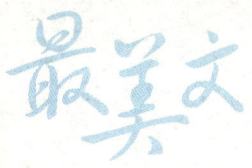

我敢发誓，此时的她看起来比刚才高了许多。我想，也许她今天就成长了一点儿吧。

其实，人的一生都在成长。

（原载《语文报》2015年第6期）

是的，人的一生就是一个成长的过程，我们经常患得患失，我们寻找归属感等等，都是在寻找自己的价值。

第二辑

毕业是成长的开始

人总是在挫折中成长,无论岁月是如何的物换星移,也无论世事是如何的沧海桑田,我永远都不会忘记黎老师,不会忘记这段往事。

我的高考,我的老师

文 / 陈华清

犯错误乃是取得进步所必须交付的学费。

——卢那察尔斯基

十年磨一剑,高考就是剑锋出鞘的大比试。

那一年,我的"大比试"留下许多难以忘怀的往事,还有我终生难忘的老师。

我不能忘怀的是黎老师,我的高三英语老师。对他,我一直心存感激,还有挥之不去的内疚。

上到高三,我和其他几个成绩拔尖的同学被黎老师挑中,进了他的"英语小组"。每天下午放学后,我们就到他家吃他精心调制的"小灶"。黎老师知识渊博,讲课深入浅出,通俗易懂,我们都喜欢听他的课。

他的家是学校分给的两间平房,中间有一个天井。后面一间隔开,一半住人,一半当厨房用。前面一间也是一分为二,中间拉一面布帘,就分成客厅与卧室了。客厅中间放着一张圆桌,这就是我们的"课桌"了。

他妻子在学校当临时工,我很少见到他妻子跟年幼的儿子。倒是后面不时传来他母亲压抑的咳嗽声和中药味,但从来没见她露过面,大概是不想影响我们补课吧!

他额外给我们补课完全是无偿的，连印发的学习资料也是免费提供。对家在农村的学生，还常常留他们在家吃饭，当我们提出要给他点儿补课费时，他淡淡地说："你们要是想报答我，就给我学好一点，考上漂亮的大学，别给我丢脸。"在物欲横流的社会，多少人为了钱不择手段，甚至出卖人格，像他这样的老师简直是凤毛麟角。

其实，他家很穷，上有年老的父母，下有嗷嗷待哺的孩子，妻子又没有正式工作，经济捉襟见肘，是他那点微薄的工资撑起全家的希望。每次闻到他家散发出的寒酸味，看到他充满期望的目光，我就心潮澎湃，感到有一股无形的力量催促我不断向前。我暗下决心，要好好学习，好好报答老师。

黎老师有一个致命弱点，就是脾气暴躁，批评学生不留情面，让人难以接受。班里哪个学生学习达不到他的要求，或是成绩有一点点滑坡，他恨铁不成钢，就像妇人骂街一样很伤自尊地骂：

"你真是二百五！"

"知道猪笨，没想到你比猪还笨！"

"懒得像虫还想考上大学？趁早捡书本回家吧，别在这里丢人现眼！"

不少同学被他骂得哭鼻子，心里恨透了他，一些英语成绩本来就不怎么样的同学，一到他上课就睡大觉。高考结束后，有一次班里有几个男同学，与黎老师在校门口狭路相逢。他们故意堵在门口，眼睛望天，不跟他打招呼，也不让他进校门，场面非常尴尬。

幸运的是，黎老师从来没有骂过我。在所有的学生中，他最疼爱我，跟我说话总是慈眉善目、轻声细语。他的偏心非常明显，连我自己都感到不好意思。

那时的我属于"两耳不闻窗外事，一心只读圣贤书"的书呆子，性格比较内向，少语寡言，跟其他同学也不怎么来往。每天骑着自行车上下

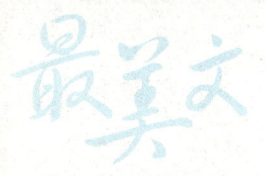

学,独来独往,同学们在背后悄悄叫我"独行侠",一直到毕业后我才知道自己有这个"雅号"。

高三生活是单调的、枯燥的,还有各种有形无形的压力。尽管如此,爱情的种子还是悄悄地萌芽,破土而出。"哪个少男不钟情,哪个少女不怀春?"歌德说得对,是的,十七八岁的少男少女心事最容易潮湿,眼睛最容易变得不安分,喜欢偷偷地在异性的身上做扫描运动。

高考的压力阻挡不了情感的闸门,阻挡不了如火如荼的青春释放。校园内,多情的纸条在悄悄传递暗夜的思念,成双成对的身影演绎着年轻的激情,憔悴了的容颜写满相思的煎熬。班里有些同学被这股"情风"吹得晕头转向,牵着她的手,跟着感觉,结果成绩一落千丈,无缘问鼎大学。

在灰尘也变得暧昧多情的青葱岁月,不知是我晚熟不解风情,还是我对感情"免疫力"过强,我对温情脉脉的目光视而不见,安之若素,不为所动。

于是,黎老师表扬我的内容又增加了。他最喜欢用对比手法:"你们这些人……看看人家……好好学学吧!"我理所当然地成为老师心目中"品学兼优"的"明日之星"。

在"品学兼优"的刺眼光环下,我的自尊心、虚荣心日益膨胀、扭曲,一弹即破。它就像一把双刃剑,一方面促使我不断前进,不敢松懈;另一方面,又使我容不得失败,听不得一句不顺耳的话,哪怕是一句很轻的批评,我也会闷闷不乐。

在高考前的一次摸底考试上,我的数学考得不是很理想。黎老师不点名地批评:"有些人仗着有点小聪明,学习放松了。我告诉你,如果数学拖你后腿,你就别想考上重点大学!"

他的眼光严厉地停在我身上,犹如一把利刃向我刺来,我脆弱而高傲的心,一点一点地碎裂。同学们的视线转向我,那些幸灾乐祸的眼光,冷嘲热讽的言语，叫我顿感无地自容，颜面尽失。

我情绪低落，一拿起课本就仿佛看到他怨怒的目光，听到嘲笑的声音。我学不进去了。

我开始埋怨黎老师，不敢正视他，见到他就远远地躲开，也不敢再到他家学习英语了。那时，如果黎老师发现我的变化，主动找我谈心，解开我的思想疙瘩，我会欣然继续跟他学英语的。

很快，填报高考志愿了，"英语小组"的同学几乎全部填报英语专业。"你报英语专业吗？"他们神情怪异地问。我已离开"英语小组"了，也填报英语专业的话，那不是给他们笑话？

于是我一直在等，在拖，迟迟不填表。我希望黎老师来到我身边，柔声细语地劝我。这样，我就能找到一个下台阶，欣然填报我所钟情的英语专业。我盼呀，望呀，望穿秋水，黎老师始终没有出现。

在职业的选择上，曾经当过教师的母亲坚持要我报师范类，说女孩子当教师斯斯文文，工作稳定，待遇也不错，还有寒暑假。父亲也持这种观点。可是，在我五彩缤纷的少女梦中，做得最多的就是读外语，当翻译，将来出国留学是我一直以来的理想，还有就是像父亲一样当警官，但我从来没有想过要当教师。

最终，我没有报考英语专业，在放弃英语那一刻，我竟然有一丝报复的快感。那快感，渗透着多少酸楚、无奈与泪水！现在回忆起来仍然让我心酸不已。

其实，我报复的是我自己。高考志愿表交上后，我一直郁郁寡欢，怨悔交加，最终病倒。

那一年的高考我发挥失常，所有的人都大跌眼镜，一直视我为"种子选手"的老师更是失望至极。这场高考是我一生的遗憾，每当回忆起高考这段往事，<u>丝丝遗憾便如秋天的柳絮，临风飞起，纷纷扬扬</u>。

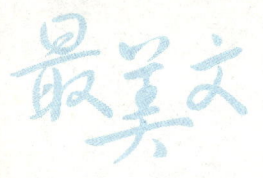

多年后，我遇到了黎老师，他已发如霜染。跟他聊起当年的高考以及一直以来的遗憾时，他听后沉默良久，叹息："你当时年少啊，而我也太大意……"

是的，当时年少意气盛，我已为此付出代价。如果我当年懂得释怀，就不会留下终身的遗憾。然而人生没有如果，也无法回到原点了。

人总是在挫折中成长，无论岁月是如何的物换星移，也无论世事是如何的沧海桑田，我永远都不会忘记黎老师，不会忘记这段往事。

（原载《考试报》2015年第34期）

这大概都是年轻犯下的错，那时候我们固执地认为，自尊心是这个世界上最可贵的东西，可是后来我们才发现，所谓的找回自尊心不过是报复了太过年轻的自己。

生命的精彩之路

文 / 李凯成

既然选择了远方,便只能风雨兼程。

——汪国真

在回家的火车上,我与邻座的哥儿们一见投缘,于是天南海北地聊了起来。

后来聊到职业的时候,我忍不住叹息,毕业后我找了份不太喜欢的工作,虽然每天早出晚归,但总是心不在焉,浑浑噩噩。

他笑着说,那你为什么非要走这条主干道呢?选择一条自己喜欢的支路,说不定会找到人生的新方向呢。

我疑惑地看着他。

他望着窗外,深叹一口气,然后转过身来对我说,我的职业是自由撰稿人,整天漂泊在外,无忧无虑。说着,脸上露出欣喜的笑容。接着他告诉我,其实开始他选择的是当网站站长,想利用网络来赚钱,可是网站建立起数月后不见收益,于是又开始研究网络营销。后发现网络营销过于复杂,于是就放弃了网络营销,专攻搜索引擎优化。而搜索引擎优化最基本的就是网站文章必须原创,而且要每天更新。

清楚自己的文字功底,他就开始大量的阅读与写作,时间久了,就慢慢地爱上了它。后来又遇见一名师指点,被老师的教学与文字魅力所折

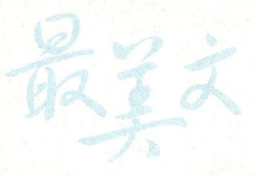

服，就淡忘了最初的目标，全身心地投入到写作中去了。

他说，如果那时通往站长的路是主干道，那么网络营销、搜索引擎优化、写作就是它的分支路，你的职业并非一定要走你原先制定的主干道才能成功，或许走支路你会得到更大的成功。

听完他的一席话，我顿时大悟，我又何必在我原先不喜欢的主干道上辛苦奔波呢？试着选择几条支路走走，说不定会有意外收获，能找到新的人生目标，走出新的成功之路呢。

生命旅程为我们准备了像一棵树生长的道路，生命开始时便一直在树干的主干道上行走，我们一生都在向上前进，但不一定会总是沿着预定好的主干道攀登，中途当你找到旁边那片你喜欢的叶子时，那便是你生命中的另一条精彩之路。

（原载《语文周报》2015年第36期）

我经常觉得自己走错路了，那个一直想去走的路，被自己固执地放弃了。我们总是那么顺从，别人说这条路好，我们就随波逐流、拼命地去趟这条路。结果后来越走越累。

梦想于尘埃处绽放

文 / 商艳燕

> 其实我们每个人的生活都是一个世界，历史最平凡的人也要为他生活的那个世界而奋斗。
>
> ——路遥

平凡的女孩子，成长总是伴随着孤单。

一直以为活着，只是不断地长大，理想是根本不曾认真思考过的事情。六年级的语文课，老师请同学们说说自己长大后的理想。大多数同学口中都被科学家、警察、教师这样光辉的头衔笼罩得激情四射，终于被老师叫起，却脑中一片空白。

那一刻如此漫长而绝望，我突然发现自己的生命犹如荒漠。从来没有谁认真地问过我长大后的想法，似乎长大是那么遥远的事情，根本用不到思考，似乎只要长大，想要的一切便会顺理成章地来到。我这才知道，人活着至少应该有一个理想有一个目标，可是自己为什么没有呢？

我呆呆地望着老师期待的眼神，用蚊子般细小的声音说："我想当老师。"因为老师就站在眼前，教师是唯一一个能想得到说得出口的职业。

然而，那并非我真正的梦想，自知从小口才笨拙、心思也不够聪慧的自己，如何能够把足够的知识传递到他人的世界里呢？苍白的童年里继续浑浑噩噩地长大，以为可以一直上学，然后上班。

初二的女孩，依旧孤单，七八月的季节，有人相聚有人分别。姐姐拿回她刚刚高中毕业同学们写下的留言簿，上面满是才华横溢的同学们依依惜别的诗句，那热闹的友谊，似乎从不曾在我的生命里出现。

然而，我的目光停住了。当众多青春学子对未来激情展望时，姐姐的一个女同学，带着一种宁静的气息向我扑面而来。她说："我不聪明也不漂亮，在学业上也难有所成就。我只想在二十岁时好好地找个爱人，结婚生子，过一种最平凡的生活，做一个幸福的女人就足够了。"

那一刻，尽管才刚刚十多岁的我，却仿佛醍醐灌顶。我想，有些东西总会在不经意的时刻出现，仿佛它一直在那里等待，仿佛你一直在寻找它的踪影。原来，结婚、有一个孩子、做一个平凡的女人，也可以成为一种梦想，一种理想。重要的是，它可以被一个人如此郑重地说出来。

是啊！不是所有人都需要成就辉煌的人生，不是所有的人都需要出人头地，不是所有的人都渴望功成名就。做最平凡的人，过最平凡的日子，为什么不能成为一种理想呢？最重要的是，过平凡的日子，是因为渴望一种温暖，一种安稳。

许多年后，我已能够全然面对自己的内心，我想不会有完全相同的两粒石子，也不会开出两朵完全相同的花。人生创造了每一个平凡的我们，平凡也是一种奇迹，每个人都有自己存在的价值。

想来，多年前的那一个七月，那个我从不曾谋面的姐姐的女同学，她是如此轻易地击中了我的内心，让我就此臣服在平凡的岁月里并绝不后悔。这么多年后，当我感受到岁月的温暖时，她可也曾实现了自己的理想，找到了自己永恒的爱？

一个以婚姻为梦想的女孩子，在学业上自然不会强烈进步。当看到太多人为高考失利而伤心忧郁时，我却觉得自己平静得太不像话。当然，我很快就开始品味人生的苦涩。在一份不开心的工作中异常失落，仿佛才稍稍品味到梦想枯萎的那种酸涩。然而想想，自己从来就没有梦想，为什么还会如此黯然呢？

作为一个懦弱没有主见的女孩子，我习惯接受命运安排的一切，谁叫我不聪明呢？十三年不过是如梭的箭，生活似乎一直就在这种表面的平静中前行。工作、结婚、失业、做主妇，时间自有安排，可是前路呢？

孩子的出现填补了这段空白，带给我无限的柔情，也让我感受到了幸福。将这些心情诉诸笔端，与网友们分享，博友们的鼓励与支持，自己渴望倾诉的心都在向着一个方向奔跑。我的文字开始出现在越来越多的报刊杂志上，小小一方键盘留下了我太多的感悟，小小一隅网络带给我太多的神奇。

我忽然发现，原来我并非没有梦想，只是我的梦想一直在等待一个出口——它正在路上。

小时候，爸爸妈妈从来没有问过我有什么梦想，也许在他们眼中，一个女孩子唯一的出路就是找个好人家嫁掉吧。在孤单与沉默中长大的我，一直都有着各种各样的笔记本，喜欢抄写各种文字，在别人的思想里复制自己的人生。

从不知道这些细小的事情就如溪流，一直在向我的未来汇聚梦想。对于我来说，岁月从来不如歌，我缺少歌唱的勇气与能力。在不如意的工作中苦苦挣扎与萎靡时，我也不知道，那原本是岁月赠予的财富。它让我经历漫长的跋涉，经历无数的迷雾，才终于找到自己的方向，是因为它不想让我过早地享受梦想带来的快乐，苦涩尽处才有甘甜啊。

我不想否定每一份平凡工作的价值，因为就如每个人存在的意义一样，每一份工作都值得我们尊重。但是年轻时的我想不明白这个道理，也不能用平和的心态去面对。而现在我知道，有些不喜欢只是因为不适合。

我喜欢文字，这是童年就开始的梦。越来越多的文字成就了现在的我，越来越多的文字形成了真正的我。我总在想，无论如何，我终于找到了自己的梦想，我是幸福的。

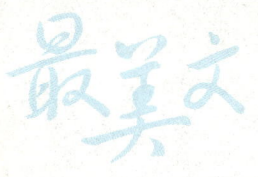

  其实每个人都有自己的梦，也许还不止一个，只不过这个梦在很长一段时间内，你并不一定能够清晰地看到。此时，请耐心等待。

  我想，我是有两个梦想的，一是拥有幸福的家庭，与爱人在这尘世上彼此相依，陪孩子一起长大，看他越飞越高。这个梦想是开在尘埃里的花朵，是一个平凡的家庭主妇最平凡的梦想。另一个便是永远忠诚地与内心对话，用文字塑造平凡的人生，也许从不恢宏，也许注定默默无闻。可是，我一直有梦，一直在行走，这就够了。

  我的梦想是开在尘埃里平凡的花，它不需要太多的关注，也不需要被谁惊艳。因为幸福，在内心深处，不需要被谁见证。

（原载《语文报》2014年第31期）

  不管去走哪一条路都没有绝对的对错，唯一的评判标准就是自己幸福就好，觉得实现自身价值了，就可以了。

我强故我在

文 / 杨张光

不害怕痛苦的人是坚强的,不害怕死亡的人更坚强。

——迪亚娜夫人

那年,我刚进中学,家里正是水深火热的日子。父亲刚做完手术在住院,为提供那高额的手术费和住院费,母亲当掉了家中所有能换钱的东西,自己也找了份了尽可能挣钱的差事。母亲每天日升就作,日落才息,人一天天消瘦,头发成把成把地花白。那段日子让我感觉:贫穷是如此可怕,怕得无能为力。

很快,难题出现在了我的身上,是否退学成了家人上下打量的算盘,而我也很明白家里的情况,退学与否只听父亲一言。

无论如何,也不能让孩子退学,母亲坚定地给了一个结果,已不再由父亲发话。我退学的难题似乎解围,但母亲的坚定告诉我,这意味着如此辛劳的她要加倍劳作,只为了扛起这个家的所有。

在学校里,日子对我来说,一切都很干净,捉襟见肘已成了习惯,口袋里的精打细算从早算到晚。在食堂里吃最便宜的饭,几乎不买零食,不喝饮料。那样的生活在当时的自己看来似乎已麻木了,感觉不到什么苦,或许是有着这样简单的心理:有粥的碗总比无米的炊好。

只不过,在同学面前,我一直因没钱而自卑,"小气"似乎成了我的死

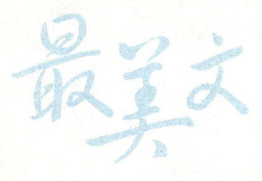

穴，所有的理直气壮都会败于这一点。于是，我变得不爱同他们说话，不爱参加班上以及学校举办的活动。独来独往已成了我的习惯，利益里头，一切以不屑带过。

我也有自己觉得骄傲的地方，就是学习成绩好，看过很多书。我一直坚信，没书看比没钱用更难受。因此，还算品学兼优的我在老师眼里多半是微笑与表扬，这也成了我一直能坚持的唯一方法与动力。

那年的五四青年节，学校要举行韵律操比赛，以班级为单位，选33名同学集体参加比赛，评选班级优胜奖和优秀个人奖。经过推荐与平日观察，班主任定下了本班33名参赛选手，其中有我，而且是领队，并规定参赛选手上身穿白色衬衫，下身穿蓝色运动裤，没有的借或买。

蓝色的运动裤我有好几条，但没有白色的衬衫，只有半白色的短袖。我一下为难了，上哪去弄白色衬衫？借？同学都在借，肯定分我没份。买？怎么向家里开口？于是没办法，我有了退出的想法，但一想到老师让自己领队，寄托了好大希望，更不好向老师说退出。当时离比赛还有一个星期，我一直纠结着。

好吧，恭敬不如从命，硬着牙跟家里说说，如果实在不行也好向老师推辞。

于是我就向正住院的父亲说了，并且提了白衬衫的事儿。父亲也很为难，便不高兴地说："哪还有钱买什么衣服？用心读你的书，管那些事儿干嘛？"一切似乎没戏，我很无奈地离开了，身旁的母亲也有些无助，想搭讪几句，但没有，只看着我走出病房。

回到学校，我依然不知该怎么向老师说。其他同学几乎都买了新的衬衫，而我这个领队还空着，不之如何是好。这让我好几个晚上难以入睡，就因这件衬衫和我那启齿难言的身世。

离比赛还有两天，我满脸失望地准备向老师推辞道歉，说因为没有白衬衫，那时每想到这里，心理总是酸酸的，不好意思说但又不得不说。

刚下课，突然听说有人找我，正要去老师办公室说明原由的我无精打采地去了校门口，当时看到了母亲在那等候，我顿时诧异，连忙上前去问。

只见母亲拿出了手中的一个盒子，盒子里面躺着一件雪白的衬衫，像刚买的书一样新。我更加不解，便接着问缘由。母亲告诉我："那天看你失望的样子，我想跟你说给你买这个，但你走得太快了。"

原来，母亲忙完事后去医院看父亲的路上会经过一个商场，有一天晚上她看到了商场里衣柜上摆放着的这件精致的白色衬衫，于是就进去问了个价，得知二十六块，好贵。母亲回头正走，又转过身去，向老板商量，要求在商场干些活儿，好让老板将这件衣服卖给她。

正好那老板缺推货手，但看到母亲一妇道人家，又上了些年纪，不太放心，最初没有答应。母亲却抢着说了些好话，让老板开面，说这件衣服对她很重要，请老板放心，这个活儿她能干，并答应在那干半个月。老板犹豫中答应了，于是这个像书一样的盒子就到手了，而现在母亲还要去商场工作十天。

母亲笑着说着事情的缘由，而那时的我不禁眼涩涩地哭了出来，第一次感觉到有一种泪叫做忍不住。母亲见状，递过手中的衬衫，依然笑着："没事，没事……快，拿去，我要回家了。"我接过盒子，另一只手擦拭眼泪。母亲上前抱住了我，用粗硬的手拍了拍我的头，眼开始红了，有了泪花。

我有些急了，推开母亲，问是哪家商场，咱退了它，让母亲不再去干活了。母亲怎么说也不肯，我哭着，大声说道："妈，没有这件衬衫，我依然可以挺直腰杆。"

母亲也哭了，一把将我搂在怀里，那一刻我感觉自己长大了，真的长大了……

那场比赛，我穿着自己半白色的短袖上了阵，作为领队人，我别具一格，在阵营前头，独领风骚。我认真地带队进场，表演，退场，将每一个

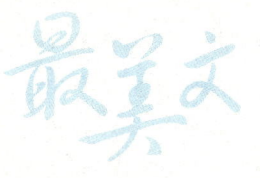

动作做好,将每一个口令喊得嘹亮。所有的姿态在抑扬的音韵下整齐地挥动着,整个队伍像一面红旗一样随风轻舞,而其中的亮点就是我。

比赛下来,我的领头指挥与半白短袖成了一个得分的亮点,独到,新奇,有创意。我们班得了优胜班级,而我也获得了优秀个人奖。领奖时,我又一次哭了,我高举着锦旗,用力地挥舞,仿佛向母亲挥着手,心里还念着:妈,我很棒,我是你们的骄傲……

从那以后我明白:能挺直腰杆的不是衣服,而是自己的脊梁。

也真正知道,贫穷并不可怕,可怕的是以贫穷的心来看待贫穷。在那个勒紧腰带的日子里,奋斗成了我的主题词,我更用功地学习着,更努力地看着书,坚强地一次又一次地刷新自己自信的记录。那时的我感觉,不管经历日复一日怎样的痛苦,只要隔一段时间,在一丝进步中,感受一点小小的成就感便足矣。

我想,带着亲人的牵挂,伴着相信与永远的字眼一直走下去,并坚信:我强故我在。这就是我的路。

(原载《考试报》2014 年第 31 期)

贫穷的从来不是物质,而是精神,懦弱跟勇敢,也是这样区分出来的。每个人都有自己的责任,勇敢扛起责任,你就赢了。

毕业是成长的开始

文 / 李军民

但愿每次回忆，对生活都不感到负疚。

——郭小川

有位初中男生，毕业前夕突患白血病住院，不能去学校照毕业相。他的父亲毅然去学校替儿子站进队列里，用自己饱经风霜雪雨的面庞，代替青春阳光稚气的儿子，为儿子圆了毕业梦，这张特殊的合影作为儿子的毕业照珍藏了起来。

有位高中女生，担心癌症末期的母亲等不到自己的毕业典礼，便请求校方在母亲节前夕，于母亲病榻前举行小而隆重的毕业礼。母亲病床前，她从校长手中接过毕业证书。母亲表情虽然痛苦，但是很开心，她看到了女儿的毕业，整个场面温馨凝重。这位母亲在见证了女儿毕业礼两日后，在母亲节的前一天安然病逝。

有位技校女生，毕业分配到煤矿工作，她主动要求从干净体面的化验室去噪音大、煤尘多、环境差的洗煤厂工作，她调动是为了想多挣钱，理由听起来颇不高尚，但了解她的情况之后大家无不为之感动。

这个四个月大就被亲生父母抛弃的女孩儿，在被养父含辛茹苦养大以后，看着日渐衰老中年丧妻膝下无子的养父，她立志靠自己的辛勤劳动，为父亲买一所房子再找一个老伴，让父亲过上幸福的晚年生活。

一次顶替儿子照毕业相的经历，流露出父子情深的真挚情感；一张提

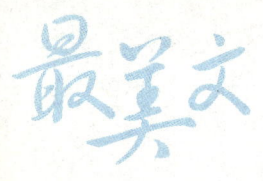

前领到的毕业证，圆了母亲见证女儿长大成人的神圣时刻；一份主动承担的艰苦工作，实现了女儿感恩养父报答恩情的梦想。每个人都会在父母师长的呵护下长大，我们在平淡中感觉不出这种关爱，只有在经历了生死抉择考验的时候，才瞬间长大。

每次毕业，我们都要经受一次洗礼。

毕业是人生一个阶段的结束，包含了成长，囊括了收获，使我们长大，羽翼丰满；毕业是人生又一个新的开端，进入了一扇新的大门，融入了一片新的天地，带给我们新的体验；毕业是人生的一个逆转，可能要永远离开一些人，可能要踏上新的人生旅程，我们要重新开始认识世界。

我们都要经历青春的疼痛，困惑、迷茫、叛逆，这是我们在成长；我们都要经受生活的磨砺，生死、爱恋、衰老，这是我们在成长；我们都要经过岁月的浸润，感觉、感知、感悟，这是我们在成长。

只要你直视成长，那么所有的狂风暴雨、所有的困苦艰辛，都只是航船两旁的河水，都会随岁月流走。学会成长，爱你的人、你爱的人都会幸福；学会成长，你遇到的人、遇到你的人都很善良；学会成长，思想自由翱翔，心灵美好无比，身体矫健如飞。成长为你插上双翼，使你的人生意义非凡，使你的人生充满欢笑。

你从成长中一路走来，你还将向成长走去，你的身旁，四季如春，绿树成荫。

（原载《语文报》2013年第12期）

我觉得人开始真正意义上的成长，是从毕业开始的。毕业是分水岭，意味着跟过去的自己诀别，而迎接自己的是崭新的一切，更为残酷的未来。人就是这样成长的。

捣蛋"学霸"的初三故事

文 / 安一朗

　　一个永远不欣赏别人的人,也就是一个永远也不被别人欣赏的人。

——汪国真

一

　　初中毕业那年,游子桐作为年级的第一名处处得到老师的特批,他可以不上体育课,也可以不写他不想写的作业。大家意见很大,说老师偏心。老师也直言不讳:"谁让人家随便考都是满分,有能耐你们也次次考满分给我看,我也特批你们呀!"

　　一阵唉声叹气过后,再没有人说话了。老师说的也是实情,人家游子桐就算整天玩,考试也是满分,这人跟人怎么比呀?游子桐可不是正经事儿的乖学生,他游荡在校园,摘摘花,踢几脚球,逗逗低年级的小同学,扯扯女生的小辫子,或是在哪个男生背上贴一张"我是天蓬大元帅"的字条。

　　游子桐让人羡慕也遭人嫉恨,几个被他戏耍过的男生,凑在一起出谋划策,在校园角落揍了他。鼻青脸肿的游子桐回到教室,笑弯了全体女生的腰,再牛气的游子桐也有如此狼狈的时候。游子桐摸着淤青的伤口一脸

苦笑，他真没想到，那几个平时被他戏弄敢怒不敢言的家伙居然在考试前夕揍了他，还扬言上高中后会再继续教训他。直到这时，游子桐才意识到事情的严重性。

他想了很久，决定在毕业前修复友谊，大丈夫能屈能伸，这是游子桐在一本书上看来的。他很认可，于是放下架子，主动与同学建立友谊。那几个揍了游子桐的男生刚开始还惶恐不安，没想到这次游子桐不仅没汇报老师，还主动与他们握手言和。

几个男孩不明白游子桐葫芦里卖什么药，忐忑不安地小心应对，一段时间后，才真正感觉到游子桐的认真。

二

游子桐热情地面对每个同学，他的态度真诚，眼神晶亮。没有人明白，游子桐这是怎么了？一夜长大？还是基因突变？连老师也感觉到，这个顶着年级第一名却又调皮捣蛋的男孩，一夜间变得让人陌生了。

只有隔壁班的柳如扬才明白这一切。

那天游子桐被同学揍时，她凑巧看见了。她没想到，传说中牛气哄哄的捣蛋学霸，也有被人揍的一天。最最让她没想到的是，他居然没还手，也没哭。游子桐当时也看见她了，没有求助，却是涨红脸，害羞得无地自容。

几个男生打人后见有人来一溜烟全跑了，只剩下伤痕累累的游子桐茫然无助地杵在那儿，惊魂未定。柳如扬当然认识这位全校有名的学霸，她的名字一直排在他的后面一位，无论怎么努力，她都没办法超越他。她还记得，游子桐曾在课间经过她身边时很随意地就扯了她的辫子，虽是以前的事了，但柳如扬印象很深地记得游子桐当时一脸嬉笑的样子。

"你也有这样的时候呀？痛吗？"柳如扬在其他男生跑掉后，走了过去，有点幸灾乐祸，又有点怜惜。她看着游子桐淤青的脸，伸出手触摸了一下他的伤口，心疼地说："哎呀！都胀了，还有个小伤口。"随着她伸手触碰，游子桐发出一声"哦——痛！"的惊叫，吓了柳如扬一跳，然后又是"呵呵呵"一阵笑。

"你到底什么意思呀？嘲笑我？还是同情我？"游子桐恼火地说。被女生看见他被揍已经是件很没面子的事了，现在还要被她戏弄。

"均有，先嘲笑，然后开心，再心痛，最后同情。"柳如扬一本正经地说。

"什么乱七八糟的，不懂你的意思。"游子桐愤愤地转身想离开。

"别走，就允许你平时到处戏弄别人？现在我就随便逗逗你，不行呀？你原来扯过我的辫子，你都忘记了。"柳如扬一副大仇已报的得意样子。

"他们揍你，肯定是你原来戏弄过他们，对吗？"柳如扬如实说，窘得游子桐低下了头，事实如此，怪不得别人。

"痛吗？"柳如扬说着，又伸出手来要触碰。

"别动啦！"游子桐没好气地嚷叫，身体迅速退后一步。一直以来，占着成绩好有老师庇护，游子桐总是吊儿郎当，喜欢恶作剧，没想到自己居然这么招人恨。

三

回到教室，看着笑得东倒西歪的女生，还有那群揍他的男生虎视眈眈的眼神，游子桐心里很不是滋味。思前想后，他觉得自己以前可能真的太过分了，要不，同学一场，别人怎么会揍他呢？只是，他们怎么能打他的脸呢？这鼻青脸肿的样子不是公告大家：游子桐被人揍了吗？揍就揍了，还能怎么样呢？告老师？告家长？哪一样都挺没面子。

磨蹭到最后一个离开教室，游子桐脱下衣服盖在头上，有气无力地挪出校门，他不想再被外班的其他同学看见他的惨状。只是才走出校门没多远，他就听到有人在后面叫他。不想回头，游子桐快步流星地往前走，甚

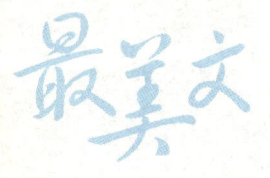

至小跑起来。

"游子桐,你跑什么呀?我又不是来揍你的。"

听声音,他已经猜出是柳如扬了,她叫我干嘛?还嫌笑话我不够?游子桐想着,脚却没有停歇。他第一次在一个女生面前如此狼狈不堪。

"想和本姑娘比跑步吗?我可是女生组的冠军,还怕跑不过你?"柳如扬的声音由远及近,没多少工夫,她已经拉住了游子桐的书包背带。

"跑什么跑?你以为你能跑过我?"柳如扬喘息着说。

游子桐也是喘息未定,他不耐烦地嚷:"干嘛?追得这么起劲。"

"我等了你半天,没见你出校门,正想进去找你,没想到你居然从我眼皮底下溜走了。"柳如扬脆生生地说。"谁溜啦?谁会溜?"游子桐结结巴巴地反驳。真是怪了,平时油嘴滑舌的,这会竟然结巴了,难道是被人打傻了?

"好,你没溜,是我眼花没看见你,行了吧?"柳如扬的声音突然低了下来。游子桐不明白,柳如扬为什么要等自己,难道还想继续嘲笑他?那就来吧,有什么好窘迫的?反正落难的老虎被犬欺。游子桐一副视死如归的凛然表情。

柳如扬"扑哧"笑出声,她说:"惊弓之鸟呀?对不起!吓着你了。"听着柳如扬阴阳怪气的讽刺,游子桐彻底没脾气了,他淡淡地说:"笑吧,还有什么词,尽管来。"

见游子桐真生气了,柳如扬收敛了笑容,她说:"就想和你一块回家,说说话,聊聊天。"

"我们很熟吗?说话?聊天?我们有多少共同语言呀?"游子桐不依不饶,他真的恼了。被同学揍一顿就算了,怪自己以前爱作弄人,但被一个并不熟悉的女生一而再地嘲笑,他受不了。以前戏耍别人时,他都是占上风的,现在却沦落到这般地步。

"别跟吃了火药似的,我没恶意,只想帮你。"柳如扬说。

游子桐不说话了,他怔怔地望着眼前额头沁满汗珠子的女生,想知道她会如何帮自己。

"快毕业了,早点用你的真诚取得大家的原谅,化解掉你和同学间的矛盾吧。你以前确实太爱戏弄别人了,可能于你只是一场玩笑,但在别人那里可能就是一次伤害……也怪老师太宠爱你了,他们的袒护让你无所不为,但你也正因此没有了朋友。游子桐,你孤单吗……"柳如扬没完没了地絮叨。

游子桐呆住了,他没想到,在柳如扬眼中,他竟然会是这样一个人,可是仔细想想,他确实是这样一个人。他戏弄别人时,确实没恶意,但也气得对方咬牙切齿。

"要毕业了,你要主动解决这事,用你的真诚赢得别人的原谅。你脑袋那么聪明,应该知道怎么做。你成绩第一让人佩服,如果还能知错就改的话,就更完美了。"柳如扬说。

四

回家后,想了很久,游子桐把能够记清的所有事情联在一起,他觉得柳如扬说得很对,可能于自己只是一场玩笑,但在别人那可能就是一次伤害。有老师护着,大家敢怒不敢言,但自己确实不招人喜欢,没有朋友。

想来想去,心里一片悲凉。要毕业了,才发觉自己这么失败,虽然成绩很好,但做人很差。被人揍了,鼻青脸肿了,大家没有安慰,尽是嘲笑……如果我改正呢?来得及吗?同学们会原谅我吗?是不是我改正了,就像柳如扬说的可以赢得大家的原谅?游子桐喃喃自语。他心里不确定,但还是决定试一试。

游子桐的改变令所有人都意外,他主动与同学建立友谊,没再戏弄过别人,也没把揍他的几个同学上报老师,反而主动握手言和。游子桐不再吊儿郎当,不再调皮捣蛋,他变了,完完全全变成了另一副样子。

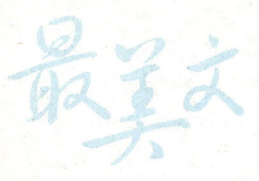

大家刚开始有点不适应变乖了的游子桐，不知他什么时候又会出什么鬼点子整人，提心吊胆地接受，就连老师也觉得游子桐陌生了，但又觉得他更可爱了。

看着脸上笑容重新绽放的游子桐，柳如扬很开心，她在送给游子桐的日记本上写着这样一句话——现在的你，看着真让人喜欢！

游子桐知道柳如扬又在逗自己，但他很开心，他知道柳如扬已经把自己当成好朋友了。

一直到毕业考试，游子桐都按照柳如扬说的做，他真的得到了班上同学的原谅，而且还重新赢得了大家的好感，并且收获了很多友谊。看着毕业留言簿上那一句句真诚的祝福，游子桐满心欢喜。

毕业后，游子桐和柳如扬上了不同的高中，但他们依旧经常打电话、发短信联系。柳如扬于游子桐来说已经是一个很重要的朋友，她在他心里占有一个很特别的位置。游子桐一直努力按柳如扬说的做，因为唯有这样，他才能赢得别人的尊重和友谊，收获满满的快乐。

成绩好固然重要，但与人和睦相处却可以得到更多的快乐。这是那个叫柳如扬的女孩教会我的事，其实我就是故事中的主人公：游子桐。虽然是很多年以前的故事了，但每次回想起来，心里依旧暖暖的，温润如酥。

（原载《学苑创造》（C版）2015年第2期）

现在来看，在最好的年纪，最重要的其实不是成绩，而是与人的交往。如果在那个时候我们没有形成好的交往方式，恐怕以后的路会很难走下去。

成长记忆里的阅读印痕

文/袁恒雷

知古不知今,谓之落沉。知今不知古,谓之盲瞽。

——王充

年少的时候,我们大多数人都会与书本画册打交道,那时的我们天真好奇,对周遭的一切都想去探知。而随着年龄的渐长,我们接触的东西会越来越多,兴趣爱好也随之有所变化,许多人对年少时的阅读兴趣愈发增强,而另一些人却喜欢上了其他的爱好。

不过我想说的是,年少时的阅读印记对所有人的影响都将是一生的,而如果我们能够把阅读的兴趣保持下来,那我们得到的裨益肯定会绵延持久,并且对我们的提升也是全方位的。

如今我刚过而立之年,所从事的职业与阅读可以说是紧密相关,身为杂志编辑,每天看文章、改文章就是我的工作。回首自己的阅读经历,我感觉的确是别有趣味,那些成长记忆里的阅读印痕在我现在的读书写作过程中时常闪现,并影响着我,也许这就是个人的阅读积淀吧。

我最开始的阅读记忆是在小学时代,作为学生,我们最基本的阅读素材自然是各类教材,比如语文、历史、地理、自然等等。这些教材里的课文恰如我们餐桌上的主食,是我们精神食粮中最基本的,它们奠定了我对这个世界的认知。历史文化、名人轶事、天文地理、古今风物,虽然都可

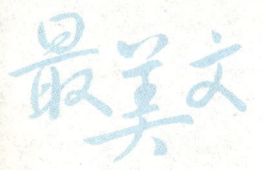

以说是常识性的内容,但对于孩童时期的我们来讲是极具启蒙意义的。

我就读的小学里有个图书室,我和小伙伴们在里面借阅了关于恐龙、关于中外短小故事的图书,从那里我们知晓了恐龙原来是地球被彗星撞击引发海啸洪水所灭绝的,也知道了霸王龙、雷龙、翼龙等恐龙的类别,而中外故事妙趣横生,可以说这些课外书是各种滋味迭出的佳肴。虽然我们小学图书馆里的图书有限,父母也很少给我买课外书,但这些书籍对于一个少年来讲也是足够的了,令我获益良多。

进入初高中时代后,我的阅读视野就仅限于教材书本了,因为升学压力非常大,师长们为了我们考出高分进入好学校,可以说是严格控制我们的课外书阅读。所以此时的阅读比起小学时代相对苍白了许多,但即便这样,仍然是有些素材可读的。

比如语文教材会配有选读课本,里面收录的文章比起教材更为灵动丰富,这类书籍就是为了扩大学生们阅读量的。历史、地理、物理、化学、生物等教材,每篇课文的注释、背景材料都是既有助于了解教材正文,又极具有百科性质的知识材料,这些就大大增强了教材的趣味性,也同时开阔了我们的视野。而我认为这些边边角角的材料则更为生动有趣,虽然它们在考试时很少用得上,但真的不失为一篇篇妙趣横生的知识卡片,丰富了我们的阅读世界,让仅有的阅读素材也变得张力十足。

考入大学后,面对一整座图书馆,我们就进入知识的海洋啦!而说起我本科时代的阅读体会,现在想来可远远做不到书虫的标准,并且很有趣味的是,我喜欢上了武侠书。我首选读的是金庸的书,因为金庸在许多国人的概念里,他的书籍与影视剧是武侠第一人。"飞雪连天射白鹿,笑书神侠倚碧鸳"就是我阅读金庸作品的顺序,并且大部分都看完了。

我的体会是,金庸先生之所以会受到知识界、阅读界、平民界等社会各界的好评,实在是因为其书中绝对不是简简单单的打打杀杀,而是包罗万象,极富正能量,积极宣扬中国传统文化中的"仁、义、礼、智、信、忠肝义胆、侠之大者"，批判背信弃义等假恶丑现象，因而是极具有伦理道德的一个个励志成长的故事。

攻读硕士研究生以后，我阅读最集中的阶段是在作毕业论文那阵子。我的论文是关于唐代诗僧寒山的和合伦理思想，因而这期间，我读了《寒山诗注》《金刚经》《心经》《坛经》《中国禅宗史》等一系列中国传统文化古籍。

说句实话，创作论文这三个月的阅读量简直要赶上整个硕士三年的了。因为我前两年要么是给报刊写稿，要么是进行社会工作，并没有读多少本专业书籍，但这三个月的系统阅读，的确大大开阔了我的佛学与经学视野，令我对佛教寺庙文化的认识提升了许多。

2010年我进入职场，工作后的阅读时间比起学校时期理论上来说是应该少了，但如果我们真要喜欢阅读的话，书本是不会离开我们左右的。我恰是如此，进入社会后反而更珍惜与书本的感情，即便工作再忙，每天不读书，就觉得如同不吃饭血糖要降低一样难受。

也许我这么说夸张了，但如果把阅读变成我们生活习惯的话，在书桌、在床头、在我们任何经常看到方便拿到的生活地方摆上书，那我们的阅读习惯就会逐渐养成。

而对于我恰是如此，毕业后，我喜欢上了逛书店，喜欢上了上网买书，更是有意或无意的关注历年的"茅盾文学奖""鲁迅文学奖""诺贝尔文学奖"等一系列中外文学奖项，这些作家的作品也就成为我马上或准备阅读的对象。阅读过程中，有时对哪位作家或哪本书籍感兴趣，会去百度百科查阅其相关背景。

如果真的非常喜欢，就会去买来那些作品。我工作这四年来，自己买的加上朋友送的，已经累积有几百本书籍、上千本各类杂志了。前一阵朋友送了我一个书架，我把这些书刊一一排列上去，然后拍照传到朋友圈和腾讯空间，引来各种赞誉。当然，我自己也是极为欣慰，这些图书不光令我的小屋书香盎然，也使得我的精神世界越发充裕。让我深感书籍的伟大，知识的庄严，文化的厚重。

　　我可以肯定的是，阅读将会伴随我的一生，而我建立的家庭也一定会是书香门第。我愿意我的爱人、孩子都喜欢上阅读，愿意所有认识我的人也都爱上阅读。我更希望我的祖国、我生活的这个地球上的所有人都因为有了阅读，而使得人生变得愈发精彩。

（原载《语文周报》2014 年第 23 期）

　　阅读是迄今为止我们发现的最好的习惯了，通过阅读，来清晰地认知这个所处的世界和自己。与书对话，就是与自己对话。

成人不自在，自在不成人

文 / 林永英

我以为挫折、磨难是锻炼意志、增强能力的好机会。

——邹韬奋

那一年是我十八岁也是我高中的最后一年，当从开心嬉笑的高一高二走过，一跨进高三的门槛，那颗本是贪玩无忧的心忽地就和周围的环境一样凝重起来，有了一种紧迫感，压力感。是好好学，考上有铁饭碗的城镇户口；还是继续贪玩，考不上回家当农民种地？路就那么突兀，那么泾渭分明地摆在了我们的面前。

面对眼前的岔路口，我很茫然。真正要考上个大学，真是不易，那得是班里最优秀最拔尖的学生才敢有的想法。

那时学校没有艺体班，只有几个喜欢艺术的学生，分别跟着音体美老师单独学，然后再考取理想中的大学。前两届有几个同学成绩也不是很突出，但是通过这几方面的专业考试，都分别考上了理想的学校，跳出了农门。

我自认为自己有音乐这方面的一点天赋和爱好，若能学好它们再考学，我觉前程还算是有点希望的。于是回家和父母平生第一次像个大人似的和他们谈了我的想法。得到父母的赞许后，我开始了自己在这最后一年里的拼搏。

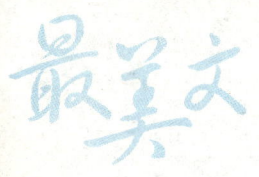

　　高三是我利用最好的一年，最苦的一年，最累最充实的一年。每天晚上我都是把时钟调到第二天的凌晨四点，四点的铃声一响，无论多困，我都要从暖暖的被窝里爬起来。然后到楼前的琴房里弹琴、练声。

　　此时，同学们都还在梦中，宿舍里此时还没有亮灯，也有一两个想学习的则会在床头点上小蜡烛看书。记得有一次睡得太沉太香，听到铃声一响，爬起来就走，幸好在最后一步前清醒过来。弯腰一摸是床沿，我是在上铺呀，若是再走一步非掉下不可，当时就吓出了满身的冷汗。

　　待冷静下来，还是匆匆用前晚打好的冷水洗了把脸，然后继续到琴房弹那个四处冒风的脚踏琴。学校有手风琴，但练手风琴至少也应该从高二就得开始，我现在要开始学有点晚。所以老师让我选择的器乐是钢琴，学校没有，就只能用脚踏琴代替。但是训练时，手的位置，力度都要严格按钢琴的要求来练，因为考试时曲子必须是在钢琴上弹的。这种在风琴上找钢琴的感觉真是不好找，就只能是死劲地练了。

　　四点来到琴房，我自己给自己立了规定，前三十分钟热手弹音阶，然后是跟琴练声。最后一小时翻译五线谱，练习自己准备考试的曲子，说是一年，怎么能够呢？专业是提前两个月考，而我也必须在这最短的时间内全力以赴地把专业学好。专业考试过关了，才能有资格参加文化课考试，不然一切都是免谈。

　　六点，我准时和同学们在教室里上早自习，这个时候我都是用来背英语。文化课我只上我要考的科目，其他不考我也就不学了。上其他科的时候，我到宿舍做老师发的试卷，在宿舍学没人管，那是需要自制力的。我的数学、英语成绩奇差，那就从高一的开始复习，我用地毯式逐块搜索，不会不懂不明白的，我就去问。决心去学了，还有什么不可以克服并学不会的呢？

　　那段时间只要有空闲我就学，兜里时时都装着英语单词本，随时更新，随机而背。啃着煎饼，腿上也会摊上本书，哪怕是看一点也是好的，说不定这一点就会是考试时的大问题呢！

晚自习之后，别的同学回宿舍，而我是去了琴房。在这里我会一直练到十点，晚上的十点，校园里是很静的，也很吓人。每次我拿着手电回宿舍的时候，另一只手里则是攥着一把削铅笔用的普通小刀。校园中没有什么，门口也有值班的，可就是说不出的害怕，就那么攥着，走着……

从早晨四点到晚上十点，我的睡眠严重不足，累是更不用说的了。尤其是我练琴的肩和背说不出的酸痛，真想痛痛快快地在床上摊开四肢，美美地，美美地睡上一觉。其实那时就是这样，很多考上学的学子经过那段拼搏的，都深有体会。

待到考专业时，门德尔松的《纺织歌》已被我弹得有声有色了，老师很满意，我也很满足，这么短的时间我做到了自己的最好。我通过自己辛苦的努力，成功了。

高三的那一年，那是我从懵懂到迅速成长的一年，不是有句话叫"成人不自在，自在不成人"吗？每当回想起那段拼搏的日子，我总是很欣慰，很骄傲，我选择对了，也坚持对了。有了这段苦力拼搏的经历，我还怕什么？以后的路还能有多难？

（原载《语文报》2014 年第 6 期）

那段难熬的岁月，是我们成长的必修课，那时候是孤独的、黑暗的，却也是最努力的。熬过之后就好了，守得住寂寞才能争得到繁华。

第三辑

为自己喝彩的女孩

这个会为自己喝彩的女孩,她活得率性真实,而且快乐无比。我希望自己也能够成为这样的人——为别人的成功鼓掌,也为自己的努力喝彩!

那年的情书

文/华清

  不要太早地相信任何的甜言蜜语，不管那些话语是出于善意或是恶意，对你都没有丝毫的好处。果实要成熟了以后才会香甜，幸福也是一样。

——席慕容

  校园的早恋比龙卷风还猛烈，连班里的几个尖子生也被卷进去，成绩一落千丈。找他们谈话，没收敛几天，月还没上柳梢头，他们已在柳树下卿卿我我了。这样下去肯定会影响高考，真叫人头痛。

  "你们想听这封情书的故事吗？"我扬扬手里的情书，全班学生都说想。

  这是我和你们在一样年纪时发生的故事。

  "柳芳，今晚我在悠然亭等你。"纸条是用英文写的，我接过陶林从圆桌下传过来的纸条，脸红了。全班男生中我唯一爱慕的就是他。在班里，不是他第一，就是我第一。

  我和陶林不可救药地堕入情网，老师上课说什么我一点也听不进去。我们最盼望到"英语小组"学习，因为这样就可以面对面看着对方。

  有一次模拟考试，我们都考得一塌糊涂。黎老师找我们谈话，"你们都是我最喜爱的学生，这样下去别说重点大学，就是中专都考不上了。好好总结成绩滑坡的原因。"我和陶林你看看我，我看看你，都默不作声。

"柳芳你最近神情恍惚，是不是也早恋了？"黎老师单独找我谈话。我连忙否认。"不是最好了，别像班里有些同学那样早恋，我们都把希望寄托在你身上。"

陶林突然转学了，我想问他为什么，又不知去哪里找他。心里老是纠结着，脑海里总是浮现他含情脉脉的眼神。看着他空荡荡的座位，我的心也变得空空荡荡的。

月考，我跌到三十名以后。

陶林来信了，约我到悠然亭见面，我早早就到那里等，从月升等到月落，仍不见他的影子。恰好，黎老师和师母散步经过这里，我躲避不及。

他问我为什么会在悠然亭？我谎称心情不好，出来散散心。"快回去吧，一个女孩子三更半夜地在这里很危险。其他的别想那么多，好好读书，考上大学，你母亲供你读书不容易。"一想起在那几亩薄田扒食的寡母，我潸然泪下。

"今天的班会课，我跟大家谈情说爱好不好？我先读封情书。"第二天的班会课上黎老师说，同学们一听有情书听，顿时精神亢奋，连连说好。

"那天约你到悠然亭见面失约了，你心里一定很难受吧？真对不起。我父母说得对，我们都是中学生，现在的任务就是学习，考上大学。人生虽然很漫长，但最紧要的只有这几步。我们现在正处于人生的关键时期，这步不能走错。谈情说爱那是将来的事，亲爱的同学，让我们暂时忘记彼此，投身到火热的学习中去吧，让我们相约在美丽的大学校园。"老师还没读完信，有些同学就在下面起哄："谁写的？写给谁的？"

黎老师目光巡视全班同学，然后落在我身上。我赶快低下头，心"怦怦"直跳。这封信无疑是陶林写给我的，怎么会落在黎老师手里？天啊，如果他说出信是写给我的，我还有脸在班里呆吗？

"这封信是谁写给谁的并不重要，你们也别追问。你们正是情窦初开的年龄，男生女生之间有朦胧的好感，老师理解。但是你们还不懂得什么叫真正的爱情，你们还不是谈恋爱的时候。记住这个同学说的话：暂时忘记彼此，投身到火热的学习中去吧！同学们，你们的爱情之花不应该盛开在中学校园，将来绽放在大学校园吧！"黎老师说完，目光又落在我身上。

我从此专心致志学习，不再胡思乱想了。

考上大学后，妈说那两只公鸡送给黎老师补补身子吧。

"你也在？"没想到在黎老师家会见到陶林，他瘦多了，人也成熟多了。

"嗯，爸说我考上大学了，过来谢谢黎老师。"陶林停顿一下，说："也应该感谢你，多亏了你那封信，要不我肯定无缘问鼎大学。"

哪封信？我没有写过信给你啊！陶林把信的内容倒背如流。天啊，这不是黎老师在班里读的那封情书吗？这是怎么回事？

"哈哈，你们都想知道原因吧？我也想找个机会给你们说清楚呢。"黎老师不知什么时候回到家了。

黎老师说，他早从我们的眼神中看出异常，找我们谈话，又不肯承认恋情。最要命的是两人成绩滑坡得厉害。他找到陶林父亲。"要把他们分开。"陶父很快把陶林转到他所在的学校。

一次他发现陶林写信约我出来，便把这事告诉黎老师。"信让他寄给柳芳，我自有安排。"于是，有了他和黎师母"恰好"经过悠然亭的一幕。当然，陶林是不会出来约会的，他已被父亲关了起来。第二天，陶林收到了"情书"，我也在班里听到了黎老师念的"情书"。

"是谁写的？"我和陶林异口同声地问。

"这还用问吗？"黎老师眨眨眼。

"老师，那封情书写得真好，我想知道，你后来和陶林结婚了吗？"有学生问。

"大学毕业后我们就结了婚，这封情书我们一直收藏在箱子里，它永远不会发黄。"

"我的故事讲完了。"全班学生鸦雀无声,那些早恋的学生,你看看我,我看看你,都低下头。

(原载《考试报》2014年第27期)

早恋是正常的,是健康的,我们都曾有那么一段日子,沉浸在对异性的好奇中不能自拔。可是早恋却不一定是正确的,我们须得明白,在生命的什么阶段就该做什么样的事情。如此,生命才不会有遗憾。

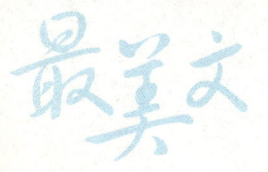

当你想要飞翔时

文 / 邢占双

拼着一切代价,奔向你的前程。

——巴尔扎克

她出生于北方一个小镇。父亲当代课教师,母亲务农,生活虽不富裕,倒也充满了温馨快乐。父亲做事精细,利用残砖将家中土院铺得平平整整,并且还拼出图案,犹如一块七巧板。她每天在七巧板上和姐姐比踢毽子,和伙伴们玩跳皮筋。她跳跃在皮筋中间,动作轻快富有韵律,像一头草原上撒欢的小鹿,无忧无虑地将快乐挥洒在小院里。

母亲侍弄土地,早出晚归。她常常跟随父亲坐在自行车后架上到中学去,老师们都很喜欢她,时而拍拍她的脑瓜,摸摸她微黑的脸蛋,考考她背诵古诗。她从不怯场,调皮地挤眉弄眼。

2000年,父亲下岗,他买了新车收粮,准备大干一场。天有不测风云,2002年初冬,父亲开车出了事,当场死亡。火化场里,她盯着大烟囱冒出的黑烟,心里呼唤着父亲,姐妹俩抱头痛哭,泪如雨下。

家里的顶梁柱没了,全家的希望没了,一只雏鹰刚要起飞,孱弱的羽翼就遭受重创。

父亲的去世对全家打击很大,母亲卧床不起,整天以泪洗面。姐姐学习成绩急速滑坡，没能考入高中。天性爽朗心灵阳光的她也时常愁眉紧蹙，操场上少了一个和男生拼命踢球的女生。

她每晚倚在门口，看着母亲扛着锄头走在落日中，累得几乎散架的样子，她产生了辍学的念头。当她说出口时，马上被母亲喝住。母亲说："只要你能出息人，再苦再累我也心甘情愿。"然后摸着她的头掉眼泪。

母女三人相依为命，姐姐不久迈入打工族的行列。她读初二时，母亲决定把她送到县城。在迈入县城中学大门的一瞬间，母亲盯着她说："我把你送到全县最好的学校，你要努力学习。如果你能考上大学，就算卖房卖地我也认了。"她坚定地点了点头。

从那时起，她就暗下决心要为自己插上一双寻梦的翅膀。在住宿处，她每天都是最后一个离开书桌的，她的成绩后来居上，进入年级组前十名。

中考前，广东佛山碧桂园开发区一所私立学校来招生，专收家境贫困而品学兼优的学生，如果考上，一切免费就读，包括上大学。老师为她报了名，但想进入这所学校太不容易，需要经受种种考验。不但成绩要优异，而且综合素质也要过硬。

来自全国各地的二百多名选手，参加为期七天的夏令营活动，在活动中的表现直接关系到能否留下。前六天进行了智能测试、压力测试、耐力测试、合作意识测试，她都通过了。第七天进行最后一项测试——万米长跑，她咬紧牙关，奋力追赶，跑到中途时，她已经嗓眼冒烟，两腿酸胀，每跑一步都很吃力。

这时已有很多选手退了下来，选择坐上校车。同县的老乡也选择了放弃，蹲在地上，掩面而泣。她也想上校车，但一想到父亲因为她数学考得好而翘起的大拇指，想到母亲校门口的叮嘱，马上打消了这个念头，这是多么难得的机会啊！怎么能轻易放弃？

她用心地跑，不去想离终点还有多远，而是把目标锁定在前面的同学身上，后半程反而越跑越轻松，当她跑回学校，看到校园里没有几个选手时，她哭了。她获得了女生组第五名的好成绩。

一周的活动结束了，主办方发给每人一个信封，里面装着返程的路费，她的信封竟多了一百元，她不假思索地便退回钱。后来才知道，这也是一项测试，叫诱惑测试。

旅途的劳累，使她的体重减少了六斤。回到家里面对母亲准备的满桌佳肴，她一点胃口都没有，她实在太累了，倒头便睡。

不久，她接到了录取通知书。

从祖国的最北端来到最南端，她水土不服，吃睡难以适应，身体几乎虚脱。最受不了的是炎热潮湿的气候，睡地铺，被子盖在身上黏乎乎的，难以入睡。她曾经也想放弃，回家陪伴母亲尽一份孝心，但一想到父亲的厚望和母亲的期待，便咬牙一直坚持着。

直到高二下学期，她才完全适应这里的生活，她不断调整学习方法，制订学习计划，计划精细到小时。高考前夕，她已经理清了知识脉络，2008年以优异的成绩考入华中科技大学。

上大学后，因为考研，增加了费用开支。她省吃俭用，认真规划每个月的生活费，用个小本，记上每一笔钱的来龙去脉。衣服基本上不买，吃饭精打细算，没有一顿买过两个菜的时候，每月伙食费从未超过四百元。利用学习之余，她还在学院网络中心做技术维修，每月有些收入。

她勤学上进，担任年级团总支书记，加入学生会，进行每周例会的主持发言，成功组织辩论赛。

她叫周英英，她的事迹感动了老师和同学，她连续几年获得文体奖学金、优秀学生干部奖学金，后来又获得国家励志奖学金、香港思源奖学金。读完大学，她不仅没花家里钱，而且还积攒了两万多元。

2012年，周英英以优异的成绩被德国一所学校录取；2013年，她带着梦想飞向莱茵河畔。

周英英一直牢记资助她的董事长碧桂园老板杨国强叔叔的话：不管情况有多么糟糕，当你想要飞翔时，就马上扇动翅膀吧，总会有人助你一臂之力。让年轻俊彦从拥有知识开始，以建设国家和回报社会为己任，希望社会因为你们的存在而变得更加美好。

（原载《语文周报》2014年第8期）

每一个日子都是难熬的，可是熬过去就好了。环境始终困不住想飞的人，只要你努力了，别人就会看见的，上帝也会看见的。你努力了，别人才会帮你。

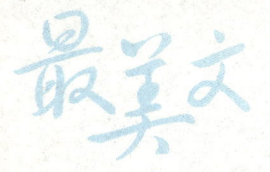

选一种方式看日出

文 / 红韵

> 台阶是一层一层筑起的,目前的现实是未来理想的基础。只想将来,不从近处现实着手,就没有基础,就会流于幻想。
>
> ——徐特立

假日里,我和朋友结伴去白云山看日出。为了在天亮前登上山中最高那座峰——玉皇顶,我们凌晨三点便坐车赶到山脚下。

山里的风很大,夜也很黑,却仍有不少和我们一样来看日出的游人早早地赶到这里。山脚下那家小商店的灯光划亮了漆黑的夜,就着灯光,我们看到几位身穿军大衣的乡民正在忙着向游客们出租棉衣和手电。

附近有数名精壮的担夫,两两一组地抬着用藤椅扎成的轿子,不失时机地向我们招揽着生意:"坐哦,280元送到山顶……"有一对衣着时尚的小情侣,穿上租来的军大衣,嘻嘻哈哈地交钱坐了上去。两顶竹轿从我们面前一晃一晃地擦身而过,真是一种舒适的诱惑!

朋友问我:"从这里到山顶,有4800个石阶。你能走动吗?如果不行,也坐轿上山吧?"我说:"能,走吧。"

朋友笑笑,打开手电筒,拉着我的手,向山上走去。

两对轿子在后面紧跟着我们,担夫们时不时地向朋友吹着"耳边风",

说前面的山路如何艰险，夜，又是多么黑暗，甚至还主动向我们压价："200元，行了吧……180，坐哦？"朋友不吭声，拉着我的手只管往前走。

时不时，有山风吹过，携着夜的寒气，让我们不由自主地裹紧了风衣，但这一切，都没有动摇我们亲自登上山顶的决心。担夫们有些失望地折身向后面的游人招揽生意。

深山里的景色，隐在漆黑的夜色中，除了手电筒照亮的路，四周的风景什么也看不清。这样也好，我们只一门心思地往上攀登就好了，峰顶的日出，是心中唯一的诱惑。

踩着石阶，蹬着滑石，我们大步流星地往上走。走着走着，身上开始冒汗，想想这样既锻炼了身体，又省下了租棉衣和坐轿子的钱，不由莞尔。

上到青云梯的时候，我们和前面那两对坐轿上山的小情侣擦身而过，之前健步如飞的担夫，此时也放慢了脚步，边走边急促地喘着气。我也同样，只感到腿像灌了铅似的，每迈一步，都异常艰难。越往上走，阶台越陡，我们只好走一段，就坐在台阶上恢复一下体力，然后手脚并用地继续攀爬……

快六点的时候，我和朋友终于站在这座海拔2216米的中原第一峰。此时，东方已出现了彤红的霞光。眼前的天空，仿佛是一组组灯影，千变万幻，时有佛光奇景，时有骏马奔腾、天狗飞跃……

那些红云在东方慢慢升高，渐渐的，佛光奇景、骏马天狗都隐入天际，接着是一个火球，从红云后面升起，越来越大、越来越亮，周围的山野风景也越来越清晰，色彩越来越鲜亮……

转身看到，那对坐轿上山的小情侣正满脸兴奋地用手机拍摄日出的景致。山上的风比下面还猛，他们把棉大衣的扣子全部扣紧了，而攀登中流出的汗水，早已浸透了我风衣的后背。我不觉得冷，相反，这风吹在身上让我感到格外舒爽。

最美文

突然觉得，人生就像一场攀登，有人是花了钱被抬上山顶的，有的人却是一步一个脚印踏踏实实地自己走上来的。虽然前者和后者能站上同样的高度欣赏日出的壮美，却远不如后者更能品味到山峰吹拂去所有艰辛和汗水的幸福滋味。正如《平凡的世界》中主人公孙少平的感悟："自己经过千难万苦酿造出来的生活之蜜，肯定比轻而易举拿来的更有滋味。"

（原载《中外健康文摘》（A版）2014年12期）

> 两个人同时去登山，一个走着去，一个坐车去。到达以后，两个人的心境是不一样的，收获也是不一样的。我始终觉得，有些事情是不能偷懒的，需要我们自己亲自去经历，去体会。

为自己喝彩的女孩

文 / 罗光太

天生我才必有用。

——李白

一

刚上初中不久,就进行了一次大规模的摸底考试。

我没想到,和我并列第一的是一个从农民工子弟学校升上来的女生——杨溪施。这个顶着"西施"之名,却貌不出众,皮肤黝黑的女生,在开学第一堂课的自我介绍中就语出惊人,给大家留下深刻的印象。不过,我很反感她的高调张扬,一点农村孩子的朴实都没有。

"我叫杨溪施,虽无羞花闭月之容,也没沉鱼落雁之貌,但我热爱学习,积极上进,性格开朗,大家说我人见人爱,花见花开。请大家记住我的名字:溪施,小溪的'溪',西施的'施'。很高兴和大家成为同学,以后我们就是好朋友了。"杨溪施一席话后,赢得如雷般的掌声和哄叫声。

我仔细打量她,还真是黑,心里不屑地想:这女孩脸皮真厚,长成这个样子,还敢大声宣布自己叫——西施。如果是我,早羞迫得挖个地洞躲进去了。

我不喜欢这样的人,一点素质都没有,当然,知道她毕业于城郊的

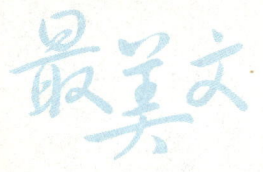

农民工子弟学校后,我也就不惊讶了。只是让我意想不到的是,她的成绩居然和我并列第一。我心里五味杂陈,有失落,也有纳闷,这女孩真是不一般。

二

同桌张均是我小学同学,我把对杨溪施的看法说给他听,想着他会附和我,没想到张均听后,却是一脸严肃地对我说:"阿灿,你怎么可以这样贬低我们的同学呢?"

我望着张均,有些恼怒地嚷:"怎么了?我说错了?她本来就长得黑呀,还那么爱出风头,像个疯婆子。"

"阿灿,你原来不是这样的,干吗针对杨溪施呢?她就是个快乐女生,没什么不好。"张均想要说服我,我却是讽刺他:"敢情你喜欢上她了?"这个张均,是非不分,他本该向着我,怎么可以为杨溪施说话呢?

张均不笨,我的讽刺他明白,于是不悦地回敬我:"阿灿,我看你是不服气吧。你以前一直是一枝独秀的,现在遇见对手,开始恐慌了吧?"

被张均说中心事,我的脸瞬间涨得通红,但我不能承认,于是愤然说:"恐慌?真可笑!麻烦你转告你的'西施',让她放马过来。一个农村丫头,有何能耐?"

张均盯着我看:"阿灿,没想到你心眼这么小,真让人失望。"说完,他头也不回地甩下我走了。

我站在原地,望着张均走远的背影,气愤地踢起路上的一个空可乐罐,大声喊了句:"人间奇葩,我和你势不两立。"

"谁呀?谁用罐子砸我?"一声尖叫突然从路旁的灌木丛后传来,我吓了一跳。

我记得小学时,邻居的一个小朋友扔石头玩,不小心砸坏了一个路人的眼睛,赔了很多钱,还被父母打了好几次。

在我忐忑不安地张望时，灌木丛后站起了一个人。我一看，居然是杨溪施，心里更是惶恐。听说农村人都很会讹钱，杨溪施该不会也这样吧？

"阿灿，怎么是你？"杨溪施看清路上只有我一个人后就问我。

"对不起！我没想到树丛后有人。"毕竟理亏，我只好道歉。

"没关系，不是很痛。只是以后别再乱踢东西了，万一砸伤人就不好办了。"杨溪施说。

我觉得她是在故意教训我，班上的情形她很明白，我是唯一一个没有为她哗众取宠的行为喝彩的人，我讨厌她，或许她也懂吧，而且我还叫她"人间奇葩"。

"需要赔钱吗？"我打断她的话。

"一点小事，赔什么钱？哪有那么严重。"杨溪施笑了起来。

我最反感看她笑，见她真没事后，傲然地说："如果你没事，我走了，你有什么资格来教训我呢？"我丢下目瞪口呆的杨溪施转身跑了。

三

我不和杨溪施说话，我把自己和她的界线划得很清楚。张均这小子和我吵完后，明确开始投奔杨溪施的阵营。后来，张均有几次来向我示好，想缓和关系，但我不想再搭理他。

他不是喜欢杨溪施么？那就让他们天天在一起，玩得忘乎所以，我才不稀罕对我不忠诚的朋友。少一个张均，少一个杨溪施，我一样过得开心。

可是，时间久了以后，我渐渐发现，班上的同学似乎都更喜欢杨溪施。他们成天嘻嘻哈哈追逐打闹，而对我却是恭恭敬敬，有一种莫名的疏离感。

学校里的各科目考试、比赛时常进行，我如鱼得水，过得相当畅快。我喜欢考试，更喜欢比赛，我觉得那才是我表现自己的最佳方式，而不会用一些无知的行为去赢得喝彩。

可我看错了杨溪施，她不是"瞎猫碰上死耗子"偶尔考第一。她是有

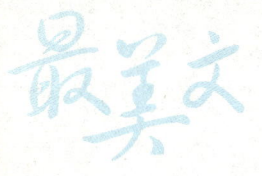

真本事,不仅聪明,能够举一反三,而且她动手能力也强。

我很疑惑,她真的是一个农民工的孩子?她的智商、学习条件能够和我比拟吗?我的父母都是高级工程师,从小就常泡图书馆,寒暑假呆在各种兴趣班,小升初时还有家教老师辅导……这一切都是杨溪施能比的吗?可是她的成绩一直和我并驾齐驱,真是气死我了。偶尔赢她,也只有英语科了,可是我从幼儿园就开始学英语,她才学过多长时间呀?我想不通,难道她比我聪明不成?

我不想输给她,让张均看笑话。

四

"阿灿,放学后一起走吧!"一天课间休息时,张均主动对我说。

"你是跟我说话吗?"我们已经有很长一段时间没说话了,我看他,想确认一遍。

"是呀!"张均一脸自然。

我心里却多少起了些波澜,每天看别人三五成群结伴回家,而自己却形单影只颇有些落寞。在以前,我从来不会羡慕别人,但认识杨溪施后,她的率性、快乐还是让我不由自主地向往。

我没想到,放学时,不仅张均陪我,杨溪施也来了。她倒是很大方,就像我们之间从来没有隔阂一样,自然而然地与我聊。杨溪施很爱笑,她的笑声感染了我,让有些拘谨的我很快融入了她的快乐氛围。

"阿灿,我真的很佩服你,无论哪一方面,你都那么优秀。"杨溪施说。

"你也不差呀,还过得那么开心。"我由衷感叹,我的优秀是我努力的结果,但她似乎漫不经心就得到了。

"我家阿灿很厉害的,小学时,他一直是我们学校的尖子生。"张均搂着我的肩膀说。

"什么你家呀?阿灿是我们大家的,我们都以他为荣,我们也要努力让自己变得优秀。"杨溪施逗乐张均，然后"呵呵呵"地笑起来，笑声爽朗。

我望着一脸笑容的杨溪施，疑惑地问："你一直就没有烦心事吗？看你整天都那么快乐。"

"有呀，可是烦恼的事想了也没用，不如快乐过活。我会为别人的成功叫好，也要为自己的努力喝彩……"杨溪施絮絮叨叨地说了很多。

五

"为别人的成功鼓掌，也要为自己的努力喝彩。"这句话是杨溪施说的，给我留下了很深的印象。很多时候，我都在思考这个问题。

我反省自己是不是太小心眼了，看不见别人的优点，也容不得别人超过自己？

在杨溪施的身上，我看到了自己的很多不足。她虽然是农民工的孩子，但她一点都不自卑，她过得很快乐。

"得到好成绩获得表扬当然开心，值得为自己喝彩，毕竟付出过，也努力了。但快乐的方式很多，我为自己喝彩的同时也很开心呀！"杨溪施一点也不难为情，为自己喝彩那是因为自己值得喝彩。

这个会为自己喝彩的女孩，她活得率性真实，而且快乐无比。我希望自己也能够成为这样的人——为别人的成功鼓掌，也为自己的努力喝彩！

（原载《语文报》2015年第31期）

> 每个人身上都有很好的品质，这种品质是和身体，家庭没有关系的。如果我们都能放下姿态去学习身边人的美好品质，那我们无疑就会变得越来越优秀。

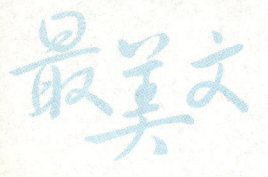

有一种营养叫自卑

文/王欣

世上没有绝望的处境,只有对处境绝望的人。

——佚名

日本小说家芥川龙之介的佳作《鼻》,用犀利的笔锋直接刺向人们的自卑与自尊、自强与矫情等各种微妙复杂的心理,读罢感慨之余,不由想起了自己的经历。在我考取的省重点高中,同学们多是城里人,不少父母是有头有脸的,即便是来自农村的家庭也较为富裕。而我来自偏远落后的山村,在我六岁那年,父亲便撒手人世,随后母亲改嫁他乡,年少的我只得跟着年迈的祖父母艰难度日。自从踏进高中校园的那一刻,我便隐隐地产生了一种自卑心理。

上体育课,同学们踢足球都穿了运动鞋,可我没钱买,穿的一直都是祖母纳的千层底条绒布鞋。那次我当前锋,在场上踢了一脚,鞋底和鞋帮竟"分家"了,鞋底飞出去很远,引得同学们笑弯了腰。我面红耳赤,尴尬至极,此后,喜欢在球场上驰骋的我,再也没上过场,哪怕是当守门员。

在学校吃饭时,一般几个要好的同学会聚在一起吃,我也有关系不错的同学,但我从不跟他们一起吃,因为我不买菜,只买两个馒头,就着从家里带的辣椒咸菜下饭。看他们有鱼有肉地吃着,我感到自己实在寒酸。

低人一等的感觉如一张网,看不到摸不着,却始终罩在我的心上。而加重我自卑心理的是高二上学期,那时家里实在太穷了,连我买两个馒头的基本生活费都很难掬得出了。年近七旬的祖父为了供我读书，不得不去我学校附近的工地上当起了修理工。他一身粗布衣，整天油渍斑斑，头发和胡须几个月都难得剪一剪。那次，他给我送伙食费，竟直接冲进了我们教室，同学们都在上自习，祖父刚跨进门，就有同学冲他喊："嗨，老头，拾破烂到外面去……"我猛然抬头，看见祖父顿时懵了，真想找个地缝钻进去，我羞愧地拉起祖父就往外走，身后顿时议论声四起。

自发生了祖父出现在教室的那一幕后，我变得更加少言寡语了，几乎不跟身边同学有任何交流，连走路都低着头。而且我越来越敏感了，每当有人在我旁边低声谈话时，我总觉得他们在说我坏话，或者在嘲笑讥讽我的穷酸样，于是我会心烦意乱，会莫名地朝自己发脾气，甚至悄悄地流泪。

不管自卑心理如何搅扰着我，好就好在我始终认定了一个理儿：只要我好好学习，我就能改变这种穷困不堪的生活。我头脑算不上聪明，但我懂得如何寻找适合自己的学习方法，如何提高学习效率。我苦苦拼搏，那年高考，我以班级第二名的成绩考取了一所重点大学。

事实上，考取大学后，我并没有从自卑中完全解脱出来。我仍然觉得自己不如别人，因而我始终保持了发奋努力的精神状态，而且愈挫愈勇……

时光荏苒，如今我研究生毕业了，在城里购了房又买了车，今非昔比了。回想起曾经的经历，我真的感谢自卑，感谢自卑在心底的鞭策与激励，让我练就了一腔执著、一身坚强，这些都成了我人生旅程中用之不竭的营养。

（原载《语文周报》2014年第6期）

自卑是种力量，自卑会让我们看见与别人的距离，从而奋力追赶。感谢自卑，感谢不满足。

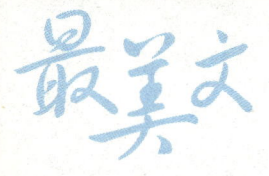

一粒愚蠢的种子

文/沈岳明

贪婪是许多祸事的原因。

——伊索

16岁那年的冬天特别冷,马上就要过年了,可家里一点年货都没准备。母亲让我跟父亲进一趟城。母亲说:"抓几只鸡去,城里人喜欢吃乡里的土鸡,兴许能卖个好价钱。将鸡卖了,就能买些年货回来,咱们一家就可以高高兴兴地过大年了。"

尽管北风呼呼地刮着,天冷得让人牙齿格格地响,可街上依然热闹非凡,大家都在买年货呢。父亲找了个人稍微少点的地方,让我站在那里卖鸡,他说他去办点事,马上回来。走时,还嘱咐我,一定要按母亲说的价格卖。

父亲刚走,便有一个城里人来买鸡,那人也没还价,便将鸡买走了。我没想到这么顺利便将鸡给卖掉了,而且还是一个好价钱。我在原地站了一会儿,见父亲还没来,便不耐烦了。特别是看到前面围了一圈人,更是耐不住性子要去看热闹。

一圈人围着的是个中年男人,一边挥舞着拳脚,一边向人们介绍自己的武艺,并问是否有人愿意跟他学艺。见半天没人回应,他便用手指着一个年轻人,说:"如果我将武艺传授给你,只要一元钱,你愿意吗?"那人犹豫着说:"愿意。"说完便给了他一元钱。中年男人拿过一元钱后,便对着他的手掌拍了几下,说:"我已将武艺传授给你了,请你拿手用力拍向一块石头,试一下自己的武艺。"

人们惊讶地看到,那个年轻人一掌便将一块石头拍得粉碎。人们纷纷鼓起了掌,我也跟着鼓起了掌。更令人惊讶的是,那个中年男人竟然又将那一元钱还给了年轻人,并说:"我传授武艺,并不是为了赚钱,而是为了发扬武术精神,只有那些与我有缘的人,才有资格获得我传授的武艺。"

这时,中年男人再问大家:"还有谁愿出一元钱买我的武艺?"这回,几乎是所有人都大声地回答:"我愿意。"当然,我也喊了声:"我愿意。"那时,正是各类功夫片播得火热的时候,别说我们这些少年,就是不少成年人也梦想拥有一身好功夫。

中年男人见人家都说愿意,便伸出了手。人们会意,肯定是要一元钱,于是大家一人给了他一元钱。中年男人笑了笑,一边将钱还给了大家,一边问:"如果我收每人10元呢?有人愿意吗?"大家知道他不要钱,于是异口同声地喊:"我愿意。"中年男人当即向大家伸出了手,说:"愿意就拿来吧。"

开始时,大家还有点犹豫,但一想,反正他也不会真要,于是纷纷掏了钱。中年男人依然笑着将钱又都还给了大家。接着,中年男人大声问:"如果我要你们身上所有的钱来买我的武艺,有人愿意吗?"大家都觉得好玩,几乎是想都没想,一齐喊:"我愿意。"中年男人再次向大家伸手,说:"愿意就拿来吧。"

大家争先恐后地向中年男人掏出了身上所有的钱,中年男人一边接钱,一边对着那人的手掌拍了几下,并交给他一块石头,让他回家后再拍。当然,我也得到了那一块石头,代价是我失去了身上所有的钱。中年男人在收了大家的钱后,在众人犹疑的目光中扬长而去。

中年男人的身影消失之后,大家才回过神来。有人开始对着那块石头

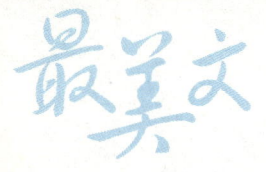

用力拍去，我也用力对着那块石头拍去，所有人都对着那块石头拍去。"哎哟"大家一齐大声地喊痛，没人能拍碎石头。有人找到第一个人拍的石头，那是一堆干的碎面粉渣，那个年轻人也早没影了。

"上当了。"有人说。大家吵着、闹着，有人说花了几百元买了一块破石头，有人说花了上千元。我心里清楚，我那几百元卖鸡的钱，没有了。众人陆续散去了，我仍在原地发呆。这时，有人拍我的肩膀，是父亲。父亲说："你怎么跑到这里来了？为什么不在原地等我？鸡卖掉了吗？"

我哭着告诉了父亲经过，我求父亲去将我失去的钱找回来。父亲却说："是你自己愿意跟人家交换武艺的，怪得了谁？拿几百元去换一块大街上随处可见的破石头，看你今后还长不长记性。"其实父亲手里是有钱的，因为他刚刚去讨回了自己一年的工钱。但他就是没买年货，并且也没坐车，而是和我一起走了几十里路回家的。几天后，父亲才独自去城里购回了年货。

此事虽然过去多年了，但我依然记忆犹新。当年"拿几百元去换一块大街上随处可见的破石头"的行为，就如一粒愚蠢的种子，深深地种在了我的心里，让我要强的心感到了羞耻与悔恨。而正是这羞耻与悔恨，被时光沤成了肥料，滋养着我一天天成长、成熟，让我的脚步走得更加坚实，人生的方向更加明确，目标更加远大。

（原载《人生十六七》2014 年第 5 期）

> 我其实想说的是另一个层面，跟这个无关。小孩子上当，真的是很无辜的，有时候跟自尊心什么的没有关系。可是现在的很多成年人依然还会上当，这是为什么呢？记住一句话：世界上没有免费的午餐，没有贪婪，就不会上当。

陪你去看海

文 / 积雪草

> 友谊是灵魂的结合,这个结合是可以离异的,这是两个敏感,正直的人之间心照不宣的契约。
>
> ——伏尔泰

放学后,朱峰一直在和同学踢球,别看他课堂上无精打采的,老师一提问,准是不知所以然,可是一到运动场上,马上换了个人似的,左冲右突,神采飞扬。

唐棣站在边上看了一会儿,然后摇了摇头,一个人默默地离开了。快出学校大门的时候,那只足球像长了眼睛似的,从背后追来,由于脚力太大,唐棣"唉呀"一声,倒在地上。

很多同学围拢过来,纷纷询问唐棣是否受伤了,朱峰也挤过来拿球,看见唐棣坐在地上,眼睛里浸满了泪水。朱峰嗤之以鼻,他很不屑唐棣这样的做法,被球打倒了就赖在地上不肯起来,简直太小儿科了。

朱峰说:"怎么?等我送你去医院?"唐棣别过脸去不看他,嘴里嘟囔:"我的运动服是新买的,第一天穿就被你给弄成这样,太没有公德心了吧?"

唐棣不说,朱峰还真没有注意,仔细一看,唐棣果然穿了一套白色运动服,人愈发显得亭亭玉立。只是此刻,白色运动服上沾满了足球上的泥

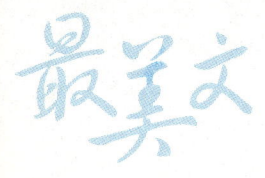

痕,看上去有些狼狈,像一只泥猴,他忍不住笑了,说:"唐棣同学,不就是衣服脏了吗?回家让妈妈给洗洗就干净了,有什么好哭的啊?一点都不坚强。快点起来吧!别摆大小姐的范儿了,这里没人稀罕。"

唐棣也恼了,这不是摆明了欺负人吗?做错了事儿还如此嚣张,于是冷着脸说:"我一直以为,咱们班倒属第一的位置非你莫属,现在看来,不讲理脸皮厚你也当仁不让啊!"朱峰抱着球转身,一边走一边搁下句话:"你这是人身攻击,我到法院去告你。"唐棣紧跟着也回了一句:"我要是考得像你那么烂,就不打球了。"

最后这一句话,朱峰当然听到了,像冷不防被蜜蜂的针扎了一下,不是很疼,但却感到痒痒的难受。他没有停下脚步,一直走,他知道唐棣肯定在身后恶狠狠地瞪着他。

从那以后,朱峰有了明显的变化,上课时不再无精打采地发短信,看小说,骚扰别的同学,而是彻底沉静下来。像一片叶子,不再在空中飞舞旋转,而落于某一处不起眼的角落,认真地做着笔记,安静地听着课,偶尔他也会侧目看看唐棣。唐棣越来越苍白,越来越瘦弱,罩在宽大的校服里,像一根草。

初三的第一个学期,朱峰的成绩已经从尾巴尖上跃到班级前几名,不但令老师和同学们刮目相看,也让唐棣感到意外。

那天放学后,走到半路的朱峰,忽然想起课堂笔记没有带,他每天回家都有整理课堂笔记的习惯,于是又折回教室去取。

那个时节,已然是深秋,校园周边的梧桐树叶子已经开始泛黄,大片大片落下来。天空又高又远,蓝得没有一丝云彩,像油画上的风景,秋天在迫不及待地拉开大幕。

操场上一个人都没有,朱峰轻手轻脚的,仿佛怕惊醒了秋天的梦。走到教室门口,忽然听到教室里传来钢琴声,是贝多芬的《命运》,和着秋天的风,让人觉得更加的悲怆。他停下脚步,静静地听着,一直听到音乐声戛然而止，仍有意犹未尽的感觉。

推开门，只有唐棣一个人，静静地趴在钢琴上，肩膀一耸一耸的，想来一定是哭了吧！她的背影是那么瘦削，朱峰的心疼了一下，那么悲怆的音乐，仿佛命的诉说，演奏者不首先感动自己，怎么会感动别人？

朱峰只当她是被自己的音乐打动了，便开玩笑说："这次我可没有踢球，更没有踢中你，你怎么又哭了？"

唐棣抬起头，看见朱峰，脸不由得红了，她说："被我激了几句，就跃到班级前几名，我若再骂你几句，还不得把你骂到清华去啊？快说吧，怎样谢我？"

朱峰笑，笑得喘不上气来，说："唐棣，你会气功就好了，一抬手，内力非凡，就打我打到清华去了，省得我头悬梁，锥刺骨那么恐怖。只是朱峰非珠峰，怎么会有那样的高度？"唐棣不笑，严肃认真地说："只有想不到的，没有做不到的，你别笑啊！有那么可笑吗？唐棣非棣棠，可是我还是想象棣棠花一样美丽。"

看着唐棣认真的样子，朱峰忽然觉得她很可爱，这个女孩美丽聪慧顽皮，甚至有时会有点小小的恶作剧，可是最近这半年，不知怎么变得爱哭鼻子了。

踩着梧桐翻飞的落叶，他们聊了很多，聊到小时候的淘气、恶作剧，长大后的小聪明、玩酷，聊到了喜欢的歌和歌手，聊到了那本叫《狼图腾》的书，聊到了各自的理想。在地铁站分手的时候，朱峰说："我以为，我们之间不会有友谊，我以为你是那种小心眼的记仇的女生。"

棠棣一脸认真地说："不好意思，我暂时还没有时间小心眼，我要抓起时间好好享受生命。"

那天，他们甚至说好了，等放假后一起去看大海，先坐火车，然后换汽车。去海边堆沙堡、捉小螃蟹，和海风一起唱歌。畅想过后，甚至还拉起了钩。

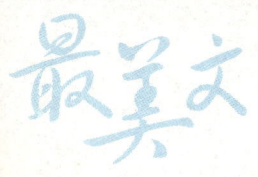

朱峰没有想到，从那天以后，唐棣再也没有来过学校，她的座位天天是空的，一看到那个空下来的座位，他的心就空了一块。不是说好了一起努力，一起考大学，一起去看海吗？她怎么能这样言而无信？

决定去唐棣家找她的时候，朱峰踟蹰良久，他想找她，想问她，想骂她，为什么不来上课？不来上课怎么能考上大学？怎么能一起去看海？

只是，最终不是在她家里找到的唐棣，而是在医院里，唐棣穿着病号服，瘦弱、伶仃、苍白，像一朵褪了颜色的花，尽管笑容很灿烂，但掩饰不住她的病容。

唐棣很乐观，顽皮地问他："是没是没有勇气了？需要我骂你几句，给点动力？"朱峰想笑，但笑容里却有了湿湿的意味，他说："唐棣，希望你像棣棠花一样，剪一根枝条，插进土里就能活下来，就能开出美丽的花朵。你说过，要陪我一起去看海，是谁说话不算数啊！"

乐观、坚强、开朗的唐棣终于泪流满面，她伸出小手指跟朱峰拉钩："我一定陪你去看海，我说话算数！"

（原载《语文报》2014年第8期）

友谊是美好的，在那个慌乱的年月，有一个人刺激你、鼓励你，可是自己却狼狈得不像样子。我们生命中都会有那么一个人，是希望你一直优秀下去的。

第一次领奖

文 / 木易

人的首次经历就是最美妙的诗篇。

——爱默生

记得刚进大学的时候,由于高考成绩极不理想,只上了一个三本院校,那时心情一直很糟,整天没精打采的样子。有一天走在学校的桂花路上,突然有感而发,写了一篇文章。随后我将这篇文章投给了校园文学社。

两个星期后,我接到文学社编辑发来的短信,说我的文章获奖了,晚上6点半去小礼堂领奖。突如其来的短信让我变得有些欣喜,我特意地打扮了一番,其实也不算什么打扮,就是将头发梳好了一些,然后去领奖。

当走到小礼堂门口,正要进去时,突然被一挂着蓝色工作牌的学生拦住了,他问我是哪个组?我一脸茫然,难道领奖也分组?还是他们的"奖"叫"组"?一等组?二等组?我收到了短信也没有告诉我是什么奖,更没有说是什么组。

我万般不解地说:"我是来领奖的。"

他又说:"现在得先分组,才能出奖。"

我说好吧,分组就分组吧。

后来才弄明白,他们是在进行桂花知识竞赛分组,征文奖和这个知识

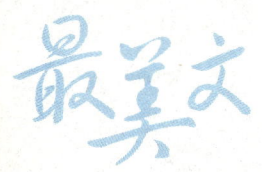

竞赛奖一起发放。但竞赛名单上也没有我的名字，我根本没有参过赛。那时的我一头雾水，而恰巧一体育系的哥们没来，我就稀里糊涂地被分到了体育系这一组。比赛将近开始的时候，编辑打来了电话问我：

"你的作品获奖了，你来小礼堂了没有？"

我说："我来了啊。"

她又问："那你在哪？"

"我在体育系组。"我接着回答。

"你在体育系干嘛？来小礼堂领奖啊。"她好像不耐烦了。

"我来了啊，在体育系一组。"我发现我们俩已说不清楚了，于是我约她在小礼堂门口见。

我出门在门口等着编辑，不一会她也从小礼堂里出来了，看上去像是个学姐，还没来得及向她问好，她便急着对我说：

"你怎么才来，快去后面更衣室等着上台领奖。"

我已经被那个挂牌人整得很惨了，现在又被学姐训斥，没有十分，起码也有九分的无奈了。

我站在主席台后面，等着叫我的名字，起初我还因自己有奖可领而高兴不已，但那时我已经高兴不起来了，只想领了奖后立刻便走。

他们也用了别人一贯的手段，为了节目的精彩性，把每一场比赛中间统计成绩的时间串场为颁奖典礼，所以大家都知道，先出来的是优秀奖，后是三等奖，再是二等奖，但结果都没有我的名字。

最后一等奖揭晓时，我被请上了主席台，我真的很佩服这个学姐编辑，她可以让一个作者连自己作品获了什么奖都不知道的情况下，能服服帖帖地站等三个小时。我想，除了我这样的作者，应该不会再有第二个。

既然是领奖，你唯一的表情就是微笑，然后高兴，不管你心里是苦闷还是无奈。领完奖后我看到有人走了，便头都不回地也跟着走了。

奖品是一盏直插式的台灯，看起来还是有些上档次的，我抱回寝室后，寝室同学皆大欢喜。但有一个特别欢喜的同学似乎想试试效果，四处动了几下，发现没插电，他便将台灯插到一个插座上，结果"咔"的一声，台灯闪了一下，于是我们都知道了，烧了。

我只好无奈地说："好吧，这就是大奖。"

（原载《考试报》2013年第28期）

每个人都有第一次，第一次上台讲话，第一次人前唱歌，第一次完成演讲。不管出丑还是怎样，都是成长。

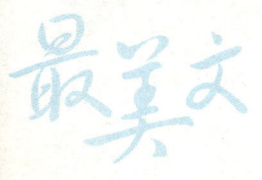

我与志明这三十年

文 / 朱国勇

朋友不曾孤单过，一声朋友你会懂。

——周华健

一岁时

我和志明出生了，我六月，他八月。我的父亲是心灵手巧的木匠，他的父亲是精明的杂货店主，我们两家是村里最殷实的人家。这一年，两家人为我和志明举办了小村庄里最风光的满月酒。

三岁时

我的父亲得病去世了，母亲远嫁他乡，我与奶奶相依为命。
志明家的小店这一年由草屋变成了瓦房。

六岁时

志明上了小学。
我和奶奶在山上砍草，备下一年的柴火。

七岁时

村里好心的莫校长免去了我的全部学费，我上了一年级，也考了我的第一个 100 分。

志明重读了一年级，也取得了他的第一个及格分：65 分。

九岁时

这一年暑假，志明成了村里的孩子王，领着一大群孩子上山、下河。我一个人完成了家里二亩三分田的收割。

十二岁

这一年雪来得特别早，我家二亩田的水稻全压在了大雪里。用了五天时间，我终于赤着双脚割完了稻子。只是冻坏了一双脚，以后每到冬天，我的脚就钻心地疼。

稻子割完那天，志明从温暖如春的家里，偷偷送了我一双崭新的皮靴。

十三岁

我初一，当我把期末考试第一名获得的十元奖金递给奶奶的时候，奶奶一把将我搂进了怀里。奶奶的泪水，温热温热的，洒了我一脸、一身。多年后，我还常在梦里，被奶奶温热的泪水惊醒。

这一年，志明带回了他的第一个女朋友，班里那个眼睛大大的，亮亮的女孩，那个常给我带咸鸭与豆腐的女孩。

十五岁

我在得了满满一屋的奖状后，以全镇第一的成绩考上了一所中等师范学校。这是当年唯一分配工作的学校。

志明在换了足足一打的女友后，选择了回初三复读。

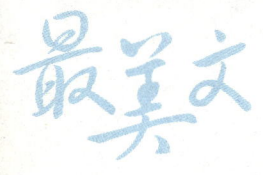

十六岁

我打工、写稿、做家教,勉强填饱了肚子,同时为了交学费欠下了六千元的贷款。

志明痛定思痛,断绝了和所有女孩子的往来,考上了一所末流高中。

十七岁

我写稿攒下了五百元。

志明偷了家里的两千元钱,和一个漂亮的女孩子跑了一趟杭州,只是为了看看热播的《新白娘子传奇》中的西湖与雷峰塔。

十八岁

我在一所偏远的小学当了一名老师,每月工资480。工作之余,我努力做着一切能赚钱的事,累得像一条没家的野狗。这时,奶奶去世了,这个世界上,我举目无亲。年底,我终于还清了六千元的贷款,却欠下了三千元的贷款利息。

志明家在交通路口,开了家超市。

二十岁

凭着良好的文笔,我考上县委宣传部的公务员,却在体检时因为乙肝表面抗原阳性被刷下。

志明高三复读一年后,考上了一所师范专科学校。

二十三岁

我与邻校的一名女老师结婚,欠下一万多元的债务。我和妻子的工资加在一起还不到1600元。

志明师专结业，志明他爸花了二万块找了关系后，志明在县城最好的那所省级示范高中报到上班了。

二十四岁

工作之余，我成了一名网络写手，每晚都爬格子到十二点。一年共得稿费九千，还清了债务。

志明暑假办了个辅导班，赚了六千，一年内单位各项福利一万五。年底，志明他爸花了十八万，在县城最繁华的地段为志明买了一套120平米的大房子。

二十七岁

志明和同校一名靓丽的女老师结婚，在县城最大的酒楼里请客。在志明装饰考究的新房子里，我和妻子看到了志明和妻子迷人的婚纱照。

在回家的路上，我和妻子来到一家影楼，补照了一套婚纱照，稍微弥补了一下结婚时没照婚纱照的缺憾。照片上，四岁的儿子坐在我和妻子的中间，灿烂地笑着，但是妻子淡淡的粉底下，已有了细细的鱼尾纹。

二十九岁时

我们终于攒了十万块钱，可是县城里的房子已经攀升到三千多一个平方。我们只好在不远的小镇买了套三居室的房子。

这一年股市疯一样狂长，志明携十五万入市，赚了不下十五万。

三十岁时

在我简单装修的房子里，志明一家来看我和妻子。志明三岁的女儿在音乐声中，翩翩起舞。我七岁的儿子却已在电脑上运指如飞地看动画，做智力游戏。

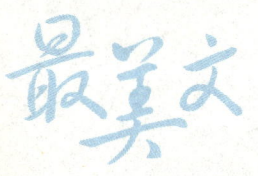

  我知道，我三十年陀螺般地高速旋转，不过是为我的孩子赢得了一个勉强和别的孩子一样的起跑线。而我今生，永远都是一个慢了不只一拍的跋涉者！

（原载《时文博览》2009 年第 1 期）

  这辈子如果有个发小陪你成长，那该是多么幸福的事情。就像是两根缠绕的藤蔓，虽然各自努力，可是心却是在一起的。

带孩子参观中东战区

文 / 佟雨航

磨炼是人生一笔宝贵的财富。

——谚语

马格努斯·赫尔格伦是瑞典《每日新闻报》的著名记者,他年轻时曾被报社派去战火纷飞的中东地区做了一年的战地记者,对战争的残酷和战乱给平民所带来的创痛有着切肤的体会和感受。他在发回国内的一篇篇战地报道中,大声呼吁停止战争,实现世界和平!

一年后,赫尔格伦从中东调回了瑞典总部,他娶了一个漂亮的妻子,并生了两个可爱的儿子。一转眼,赫尔格伦的两个儿子都长大了,大儿子莱奥11岁,小儿子弗兰克也10岁了。然而,长大的儿子带给赫尔格伦的不是欣慰,而是日渐沉重的担忧和恐惧。

原来,赫尔格伦发现,莱奥和弗兰克非常沉迷于战争游戏,他们对游戏中的狙击手很是着迷。在一款最新的名为《使命召唤》的射击类电子游戏中,小哥俩比赛用狙击步枪疯狂杀人,比赛看谁杀的人多。每杀死一个人,小哥俩都会手舞足蹈、欢呼雀跃。而且,他们小小年纪就成了战争的崇拜者,甚至希望长大后上战场参加战争,做一个真正的英雄。

赫尔格伦对两个儿子崇拜战争的思想倾向甚为担忧,他觉得孩子们并不真正清楚战争给人们造成的巨大伤害。于是,他决定带着莱奥和弗兰克

到中东战区,带他们去参观那些饱受战火蹂躏的地区,让他们亲身体验一下战争给人们所带来的灾难和创痛,让他们看到战争的负面影响,帮儿子们戒掉战争暴力游戏瘾。然而,赫尔格伦的决定却遭到了妻子埃莉萨的反对,她认为这会给孩子带来危险。

赫尔格伦对妻子动之以情,晓之以理:"儿子崇拜战争的思想倾向,如果不及时加以正确的引导,会比去中东战场还要危险!"妻子埃莉萨最终同意并决定和他们一起上路。于是,2014年4月的一天,赫尔格伦一家人从瑞典斯德哥尔摩出发上路,开始了为期10天的中东之行。

踏上中东的土地,残垣断壁、满目疮痍,居民流离失所、饿殍遍地,战争的创痕比比皆是。赫尔格伦夫妇首先带着孩子们去了耶路撒冷郊外的舒阿法特难民营,难民营内脏乱不堪、垃圾遍地,蚊蝇嗡嗡乱飞。

难民营里一个叫苏里南的10岁男孩告诉弗兰克说:"我们的房子被炮弹炸毁了,我希望战争尽快结束,这样我就可以回家,能和兄弟姐妹们一起重返校园了。"接着,他们又参观了难民营内的一家诊所,医生讲述了当地儿童的悲惨生活,很多儿童在战乱中失去了宝贵的生命。

诊所里有一个和莱奥差不多大的孩子被流弹击中大腿,被截了肢,躺在病床上不住地痛苦呻吟。有三个男孩因为被橡皮子弹击中脊柱,从此只能坐在轮椅上,再也不能踢足球了。

一旁的赫尔格伦趁机对孩子们说:"在游戏里,你们永远无法真正明白枪能够做什么。而现实生活中,它们被指向了和你们一样大的孩子,让他们从此无法幸福生活。"无休止的战乱和冲突给孩子们幼小的心灵蒙上了一层可怕的阴影,使他们久久不能走出亲友遇难和家园变成废墟的悲痛。有的孩子甚至出现幻听,"突突突"的开枪声总在耳边回响。还有的孩子曾被关起来虐待,他们挽起袖口展示的伤疤,让莱奥和弗兰克看到他们肉体上和精神上遭受的严重创伤。

最后,他们还参观了以色列占领下的叙利亚戈兰高地的一片雷区。小哥俩与当地年轻人聊天，听他们讲述因战争而与家人分开的故事。看着，听着，莱奥和弗兰克的心开始滴血，眼泪也止不住地流了一脸。

赫尔格伦对两个儿子说："恶毒的战争让多少中东人民过着黑暗痛苦的生活啊！而这些，你们在游戏中永远看不到，但这就是你们所痴迷的枪支或其他武器所造成的后果。"

回到瑞典后，莱奥和弗兰克告诉赫尔格伦，他们以后再也不沉迷于玩战争类电子游戏了，并且表示会继续关注中东地区的战况和那里饱受战争之苦的孩子们。在学校里，莱奥和弗兰克开始积极宣传战争的危害和世界和平的重要性。莱奥和弗兰克说，这次中东战区之行让他们真正认识到了战争的可憎面目。

赫尔格伦带孩子走进战乱地区的行为，也遭到了很多人的强烈批评，有人骂他是世界上最糟糕的父亲。对此，赫尔格伦回应说："战乱地区并非时刻都在开枪，战局也有稳定之时，我是孩子们的父亲，当然会考虑他们的安全。"

带孩子参观中东战区，在孩子心灵的沃土上播撒下热爱和平的种子。虽然表面上看似很残酷，但实则是一个父亲对孩子未来成长的真正关爱和殷切期盼。

（原载《第二课堂》（初中版）2015 年第 2 期）

接受残酷，可能是我们每个人人生必上的第一课。每个孩子都是一样的，可是后来就越来越分出层次了，这个世界还是物竞天择的时代。

第四辑

成长总是带着些倔强

　　事实上，我们每个人的体内，都有一个小宇宙，都有着自己的能量。把正能量充分地挖掘、释放出来，我们就都是优秀的。

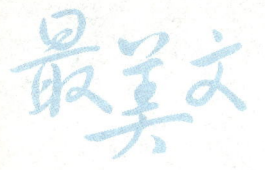

温暖心灵的细碎时光

文 / 郑亚琼

什么都是短暂的，只有怀念和失去是漫长的。

——独木舟

暖暖的午后，温上一杯咖啡，悠然坐在藤椅上，抱着一本九夜茴的《匆匆那年》，看得泪水稀里哗啦。

总是忙碌奔波在生活的路上，闲暇时，打开一本喜欢的书，从别人的青春中追寻自己的影子，只是那影子早已变得模糊，就像一朵水中的涟漪花，漾起一圈圈波纹，开得那么灿烂，心向往之。

1. 温暖的舞动奇迹

中学时，因为爸爸工作调动，我转入了新的学校，各种孤独和不适应，让我感觉这个城市好陌生，没有我生活的空间。其实，我是一个喜欢闹腾的女孩，我多么渴望这个时候有一个懂我的朋友在身边。提起笔，打算给以前的同学写信，刚写了一半，泪水就濡湿了眼睛，不知道如何写下去。

这时候，王宇翔闯进了我的世界，他说他和我一样喜欢街舞。我反问道："你怎么知道我喜欢街舞？"他神秘地一笑，送给我两个字："秘密。"我无心再探究下去，只为多了个志同道合的朋友而高兴。

课间，我们会在一起交流 Poppin 的想象力、Hiphop 高难度的动作、Jazz 自然流露的情感，看到我们讨论热烈，很多同学也加入进来，让我结识了更多的朋友，我的生活一下子变得充实起来。

放学后，我和王宇翔有一段路可以同行。那次，我们说得正起劲，王宇翔禁不住在大街上舞动起来，引得不少人围观。

王宇翔朝我挤眉弄眼，于是我更加起劲地为他喝彩，最后他急不可耐地说："傻丫头，我是让你端个盘子，去收钱呢。"啊？我一下子站在那里，囧得脸通红，恨不能找个地缝钻进去。

每每想起与王宇翔在一起的那段时光，我总是心存感激，是他阳光般的笑容让我的世界变得明媚起来。

2. 楚楚姑娘笨鸟先飞

高一时，我是班里宣传小组成员，说白了就是负责出板报。我们的组长姓楚，她喜欢别人叫她"楚楚"，她性情豪爽，要是生在古代大有"大口吃肉，大碗喝酒"之气。但是女孩皆有爱美之心，她喜欢"楚楚动人"这个词，源于看过的一篇文章《狮子吼》，里面有句："生得明眸皓齿，虽不擦脂抹粉，却有天然的姿色，楚楚动人。"

她的这番理论深入人心，以至于我实在想不起她叫什么名字，只记得她叫"楚楚"。

那次板报主题是"保护环境"，经过我们几个放学后加班加点的奋斗，终于大功告成了。班主任老师来"视察"工作，觉得黑板的右上角特别空，非要在上面添点东西。

我们几个面面相觑，不知道添什么好，于是班主任老师亲自上阵，大笔洒脱，画了一只肥嘟嘟的大鸟，和主题一点也不相符。我们都强忍着，不敢笑。

他刚一走，楚楚就掐起她的小蛮腰，一指黑板说："哥几个，这鸟怎么

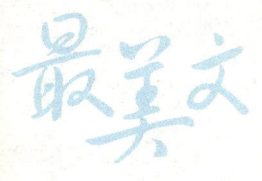

办?"我们再也忍不住了,一起笑了个够。经过我们小组一致商定,我们的板报已经很完美,右上角的空白是属于"留白",给人留下无限的想象空间,这大鸟简直是对"艺术"的"糟蹋"。

可是,说的时候都一套一套的,就像是没有人敢给猫脖子上挂铃铛的老鼠一样,没有人敢把大鸟擦去。这时候楚楚的侠女劲上来了,谁拦也没用,她踩在板凳上三下两下就把大鸟给擦了。

晚自习的时候,班主任发现板报不对劲,就问:"鸟呢?"只见楚楚淡定地说:"老师,笨鸟先飞了。"顿时,教室里哄堂大笑。

后来,我们班的板报真得了一等奖,楚楚姑娘笨鸟先飞的故事就被传为佳话了。

3. 女词人官场记

上大学那会儿,大学里的宿舍管理员号称"辣大妈",宿舍要求一尘不染,稍有邋遢立马扣分,更别说私自用个电热壶、电饭煲之类的电器了。于是,宿舍"社长"一职显得尤为重要,不光干活多,还得学会和辣大妈周旋,会讨她老人家欢心。

我们宿舍是相当有福气的,因为我们的社长是"李清照",没错她的名字就是叫李清照。此李清照非彼"李清照"也,据她说她出生时,正值清晨,艳阳高照,故父取名为清照。

李清照正如其名,才气非凡,更让人佩服的是在她当社长期间,我们宿舍就没扣过分,就算偶尔被没收了电器,李社长总有办法在辣大妈的眼皮子底下"顺回来"。

可是,好日子总有到头的时候,这不一年一届的社长换届选举开始了。全宿舍的人都紧张兮兮的,谁也不愿意趟这浑水,于是选来选去,大家的一致意见还是让李社长连任。李社长死活不肯,无奈之下,大家提议抓阄。

"抓就抓，我就不信，还能是我？"要不说上帝是公平的呢，人太有才气了，脑子自然就不能太好使了，必须让我们忽悠一次。李社长一抓就抓到了"社长"俩字，她大叫一声，我们个个露出满意的笑容，纷纷祝贺，并表示："在李社长的带领下，我们宿舍全体成员必将全力以赴，力争再次夺得'优秀宿舍'荣誉称号。"

李社长哭笑不得，摸着我们的脑袋，五步成词："昨夜雨疏风骤，浓睡不晓计谋。试问舍友们，却道社长依旧。亲啊！娘啊！应是侬肥俺瘦。"

"此处不能省略掌声，社长太有才了，来，姐妹们呱唧呱唧。"李社长就这样在一片稀里哗啦的掌声中无可奈何地继续上任了。

虽说这些细碎的青春过往一别数年，每每想来却历历在目。不管是街舞小子王宇翔、侠女楚楚、才女李清照，还是青春里那些擦肩而过的笑脸，都是我们青春里温暖人心的时光。青春韶华里或许我们没有激情的燃烧，也没有血色浪漫，但我们有匆匆那年，谨以怀念。

（原载《中学生博览》2015 年第 5 期）

总有一天我们会分离，跟那些温暖的笑脸一一告别，可是这有什么呢？每个人都要独自走一段路。只希望岁月静美，各自安好。

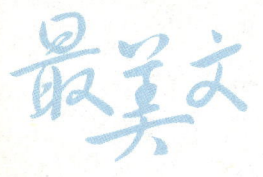

那些散落在时光里的温暖

文 / 琼雨海

青春,就像受赞美的春天。

——勃特勒

1. 如此的见面礼

认识黄小瓜,纯属意外。

那次,高隆久和哥们在微信上胡侃,高隆久忽然来了灵感,说每天就我们三个大老爷们在这里胡诌八扯真没意思,不如我们在学校里也扩大一下朋友圈,认识几个美女入伙,壮大一下我们的队伍。

夏凡宇发了一个坏笑,你小子是想找女朋友想疯了吧。曲文一也打趣,别妄想了,还是我们三个光棍一起过后天的光棍节吧。

光棍节那天,夏凡宇和曲文一正在食堂吃饭,没想到一枚美女自己送上门来。"嗨,两只光棍!"夏凡宇抬起头,看到黄小瓜明媚的样子,犹如一朵莲俏皮地开放,眼睛久久不敢眨动,生怕梦醒。曲文一摸了一下他的下巴,"嘿,小心下巴掉到碗里了。"

"去去去,你才到碗里去呢,在美女面前可别出我的丑。"夏凡宇一脸讨好相。

"你们俩别争了,还是换个大点的碗吧。"高隆久果然端着一大碗米线走了过来。夏凡宇见状二话不说，以"迅雷不及掩耳之势"抢过了鸡腿。

高隆久刚要发作，曲文一一把挡住了他的胳膊，"香味挡不住，好东西一起分享嘛。"说着，夏凡宇果然硬生生从鸡腿上撕下了一块肉放进曲文一的碗里。

高隆久转身对着被遗忘的黄小瓜说："这两个家伙平常就这么欺负我，让你见笑了。"然后他一脸正然地指责，"你们俩呀，我这是请黄小瓜吃的。"

夏凡宇把刚塞进嘴的鸡腿吐了出来，僵在那里，黄小瓜笑笑，"算了，算了，就当我送他们的见面礼了。"

2. 只若初见的相识

夏凡宇曾无数次追问高隆久是怎么认识黄小瓜的，高隆久总是说微信上认识的，夏凡宇从来不相信。

夏凡宇在学校还是小有名气的，体育部副部长，篮球场上尽显风采，围在他身边拿衣递水的女孩真不少。可是她们都喜欢在他面前装作"淑女"，没有一个人像黄小瓜那么纯真。

黄小瓜真名叫黄旖旎，这名字是她出生后，她当老师的老妈捧着字典给她取的。可是，她一点都不喜欢，"旖旎"给人一种古代闺阁小姐的感觉，这不是她想要的。

她从小就喜欢黄瓜，它的样子翠绿清新，像初春的感觉；她更喜欢黄瓜的甜兮清脆，透着阳光的味道。

熟悉的人都叫她"黄小瓜"，她也喜欢别人这样叫她。

"黄小瓜……"那天夕阳漏影的午后，高隆久就是这么喊她。

黄小瓜的肩膀微微颤动了一下，因为除了几个好姐妹，没有人知道她这个名字。黄小瓜转身看到阳光在高隆久的脸上调皮地跳动，她不敢看高

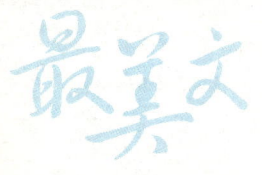

隆久的眼睛,她怕这么一看就再也移不开那么纯真静好的目光。

"这是今年我们校刊的第一期,上面有你投稿的文章,文笔不错,继续加油哦。"黄小瓜曾幻想着无数次和她崇拜的文学社社长高隆久初遇的场景,可此刻面对着偶像,头脑里却是一片空白,什么话也说不出来。

"我能加入你们吗?"黄小瓜冲着高隆久即将转身的侧影说。

"嗯,这是个不错的提议,我们正在扩编呢。"就这样,本想加入文学社的黄小瓜被想着另外一件事的高隆久阴差阳错地拉了进来。

3. 如此的合拍

黄小瓜进入之后很快就和他们打成一片,尤其是和夏凡宇,用他的话说,他和黄小瓜的合拍度比高隆久的近视眼镜度数还高。

一个下午,夏凡宇约黄小瓜去一个名叫"心痛的感觉"的咖啡屋,黄小瓜本来对喝咖啡没什么兴趣,可是一听这名字却也想去一探究竟。

当他们乘坐公交车时,正好是下班放学的高峰期,好不容易等车来了,夏凡宇发现自己没带零钱。就在上车的一刹那,夏凡宇一声"哔",简直把公交卡刷卡的声音模仿得惟妙惟肖,他刚想给黄小瓜也"哔"一下,没想到她也来了这么一声。公交司机不知道正在忙什么,竟也让他们蒙混过关。

"这我都练一个月了,恰好派上用场,你怎么也会?"夏凡宇忍住心中的小得意。

"我是谁啊?黄小瓜,什么不会。"

"看把你能的……"

就这样他们一路窃窃私语地到了咖啡屋,叫了他们的特色咖啡"心痛的感觉"。咖啡端上来,夏凡宇说了一路,还真是渴了,一口喝下去……

这哪是"心"痛的感觉,分明是"嘴"痛的感觉……看着夏凡宇伸着舌头,黄小瓜早已笑得前俯后仰了。

4. 这一对活宝

四人中最忙的就数高隆久，他经常托辞因为写作和社团的事，不参加每天中午的聚餐。曲文一给他起了个外号"高尔基"，每次别人这样喊他的时候，黄小瓜总是抿着嘴笑，一点也不像她平时的样子。

其实，只要有高隆久在场，黄小瓜总是不太爱说话，她喜欢静静地看着他。这时候的黄小瓜看起来还真有点"淑女范"，这让她总是很拘谨。

没想到那天高隆久突然说："黄小瓜这么文静的女孩子竟然也能跟夏凡宇'哗'一下。""她还文静？"夏凡宇正要嚷，突然看到黄小瓜一个白眼飞来，后面的话就卡在了喉咙里。

夏凡宇自知说错了话，便去讨好黄小瓜，黄小瓜总是不理他。夏凡宇脸一正，说："那我只好用我的独门绝招了，给你出个超级难的数学题。十个人排队，甲不能站中间，不能站两端，还得和乙挨着，还得和丙隔两个人，还得站丁后面。请问这队怎么站？"

虽然黄小瓜并不生夏凡宇的气，可她就是故意想看他着急的样子，没想到他竟然拿自己最不喜欢的数学题来为难她。"才女，怎么样？不会了吧？"黄小瓜岂能认输，可是怎么排呢？夏凡宇就喜欢看黄小瓜认真的表情，看着看着就"哈哈"笑了起来，这可激怒了黄小瓜。

"干脆让甲滚好了……"

"答对了，聪明！"夏凡宇一边夸奖黄小瓜，一边挤眉弄眼地对高隆久说："看，原形毕露了吧。"气得黄小瓜一掌拍过去，"我说的是让你滚。"

"你们俩还真是一对活宝啊。"高隆久感慨道，弄得黄小瓜的脸一阵绯红。

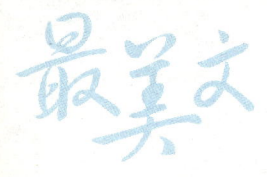

5. 多了一个伙伴

"有你们之后,阳光就像有触角,总是伸向我,暖洋洋的。嘎嘎……"黄小瓜在签名中这么写道。

"青春里的音乐,总是有了跳动的音符才会生动,你就是我们的小精灵。应该是有了你,我们的生活才有了色彩。"高隆久这么说。黄小瓜对着电脑读了几十遍,真是文如其人,只有高隆久才能写出这么美的句子。想着想着,她双手托住下巴,想起那日与高隆久初识的美好……

"看到最近小瓜结识了新朋友,挺开心的呢,可不能忘了好姐妹哦。"黄小瓜同班好友雅茹插话进来,小瓜发了一个调皮的表情,回复"当然不会了。"

"太阳还会挠痒痒,真是可爱,我们不是又多了一个小伙伴?"看着夏凡宇的评论,黄小瓜"噗嗤"一声笑了。

"周末我们去唱歌吧,我特制了一个好玩的罗盘哦。"曲文一的提议总是一呼百应。

6. 聆听我放声的歌唱

等待总是比较漫长,黄小瓜每天都在日历上打钩,在周末那一天画上一个大大的笑脸,只为这一天的到来。

那一天,他们三个早早地就到了,照例只等高隆久。他们正在商量怎么惩罚一下这小子的时候,高隆久推开门,后面还露出一个女孩子的脸蛋,黄小瓜的笑容僵在那里。

那个女孩就是雅茹,黄小瓜准备了一个星期的歌曲,一首也唱不出来了。听着高隆久的男低音,带着沙哑的味道,雅茹跟黄小瓜解释:"都怪高隆久，他一直想把我介绍给他的两个好兄弟。可是，和三个男生在一起，我很害羞不同意。他就说，他来想办法，可是我没想到他竟想了这么个办法。不过，也挺好的，这样我们在一起的时间更多了，对不对？而且，我听说，夏凡宇可是很多女孩子心目中的'白马王子'哦。"

黄小瓜一个劲地点头，她感到很委屈，恨不能推门而去，可是又有什么理由呢？这时，魏晨的一首《梦的怒放》吸引了她，这是她最喜欢听的歌："谱写我梦的乐章，有你陪伴我身旁，挺起我坚实的胸膛，炙热的心能燃烧太阳。就给我一双翅膀，让我自由地飞翔。麦克风为我鼓掌，聆听我放声歌唱。就给我一双翅膀，拥有冲破云霄的力量，期待着最后的怒放。"

"黄小瓜，你发什么呆？这可不是我认识的小太阳，过来一起啊。"夏凡宇在唱歌时一本正经的样子，没有了平日的痞子样，还真是有一种难以抵挡的吸引力。

"好吧，来个中场休息，大家玩一会罗盘。看黄小瓜没精神的样子，你先来摇！"曲文一适时地过来缓解气氛。

黄小瓜一摇，指针指在了"真心话大冒险"上面，大家都起哄："真心话，真心话……"

黄小瓜拿过麦克，眼角含着泪说："在我们青春年华里，有没有一种美丽能成为永恒？有没有一种回忆能成就感动？结识你们的日子里，我一直没有弄明白，在这一刻我却恍然明悟，这不就是我们的友情，在一起的点点滴滴吗？切记：且行且珍惜。"

黄小瓜的几句话，温润了在场每一个人的心，他们的手紧紧地握在了一起。

7. 心被温暖的女孩

第二天清晨，黄小瓜来到学校，抽屉里竟然多了一张纸条："清晨，我

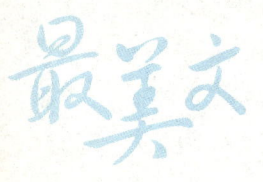

拉开窗帘，阳光便斜斜地映进了房间，让我想起了一个叫'黄小瓜'的可爱女孩，心便被温暖。打开窗户，寻去，不远处是一片花海。这个世界总有一朵花是为你而开放，带着淡淡的芳香和与众不同的美，只要勇敢，什么也阻止不了你迎向苍穹，积极绽放光芒的力量。"

纸条没有署名，但是黄小瓜一猜就知道是谁写的，她做了一个"Yes"的手势，灿烂地笑了。

（原载《学生天地》（初中）2014年第7期）

每个人生命中总有那么一群人，温暖了你的生活，充实了你的生命，丰富了你的青春。即使最后分离，你也会骄傲地说，我的人生很知足，谢谢那些男孩女孩，教会我成长，也教会我爱。

走上领奖台的孩子们

文 / 凌云

大殿的角石,并不高于那最低的基石。

——纪伯伦

学期快结束了,按照惯例,班级和学校,都要对学生进行一次考评,奖励优秀学生。

这是一所普通高中,在全市十几所中学中,排名靠后。进入这所中学的孩子,在各自原来的初中,也大多属于成绩平平,没有一个出类拔萃的尖子生,尖子生都考上重点高中了。

于是,出现了一个奇怪的现象:一个班级几十名同学,在他们的初中阶段,竟然几乎没有一个人获得过诸如三好学生等荣誉。很多同学,甚至从小学、初中都没有获得过任何荣誉和奖励。原因很简单,他们的成绩一直不够好,而大多数的学校,都是以成绩论英雄的。

一所不起眼的学校,一群不起眼的学生。当然,考评仍然可以照常进行,"三好学生"的指标有,相比较之下,总还是有成绩相对突出的孩子。但这样考评的结果是,大多数成绩一般的孩子,可能在高中阶段继续与各种奖励和荣誉无缘。

新任的校长觉得这不公平,在中学阶段,他自己就曾是一个被公认为成绩不大好又不听话的孩子,因而被各种奖励拒之门外。这让他很长一段

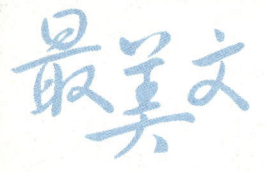

时间，觉得灰头土脸，甚至怀疑自己一无是处。

他想改变那种唯分数论英雄的考评机制，一个念头在他的脑海中盘旋：寻找普通学生身上的亮点，只要你有正能量，你就可以站上学校的领奖台。

这个"正能量"就是：你未必成绩最好，但你是最勤奋的；你未必最聪明，但你是最肯动脑筋的；你未必跑得最快，但你是坚持最久的……一句话，你未必德智体全面发展，但你一定有一个最突出的优点或长处。

这个新标准，一下子在学生间炸开了锅。那些一向认为这些考评与己无关的学生，也骤然发现，原来自己也是有可能获奖，走上高高的领奖台的。没错，把你的正能量显露出来，你就有机会获得肯定。

一些原本不出挑的孩子，走上了领奖台。

她是一个性格内向的女孩，成绩一般，能力一般，放哪儿都不惹眼，她已经习惯了被淹没。但她有一个一般人不太明白的特殊爱好，就是收集水果皮做环保酵素。所谓环保酵素，就是将果皮等新鲜的生活垃圾发酵后产生的棕色液体，它可以拿来用作清洁剂和空气净化器。

因为这个嗜好，她的小房间里，到处都是搜罗来的瓶瓶罐罐，里面装满了她从自己家的厨房，以及水果摊上收集来的水果皮、蔬菜叶子。这不算什么发明，但它却是一个梦想的开端，她为此自豪地走上了领奖台。

从五岁开始，他就接触电脑了，玩过很多游戏，父母太忙，没人管他。沉溺于电脑和游戏的结果是，成绩很差。小学和初中，他都是被作为网络成瘾的问题少年、反面教材对待的。进入高中后，老师发现了他的问题和特点，没有批评制止他，反而给了他一个平台：为学校的电脑网络和户外屏幕制作图文和视频，这使得他如鱼得水。

现在，学校的每个角落播放的滚动图文和视频都是他的杰作，他编写的机器人投篮程序获得了全校同学和老师的称赞。他得到了肯定，更重要的是，他的脸上，从此洋溢着从未有过的自信的笑容。

从小学开始，每年冬天，她都会和妈妈一起去看望贫困学生，到敬老院为老人讲故事，帮她们梳头；将自己省下来的零花钱，给孤儿院的孩子买礼物。从小，她就跟着妈妈一起去做这一切，她觉得，为老人、孩子和需要帮助的人做一点力所能及的事，很平常，没必要宣扬。因此，这么多年，甚至没几个人知道她所做的这一切。

这些孩子，他们能够走上领奖台，不是因为他们做了什么轰轰烈烈的事，也不是因为他们特别优异，而是因为他们的身上都有一股积极的、健康的、充满青春活力的正能量，而这股能量是可以传播的，是可以影响、温暖他人的。

事实上，我们每个人的体内，都有一个小宇宙，有着自己的能量。把正能量充分地挖掘、释放出来，我们就都是优秀的。

（原载《做人与处世》2014年第8期）

> 每个人都是优秀的，每个人都有闪光的地方，我们不能按照学习成绩就把这些孩子分出三六九等来，这是盲目且荒谬的。

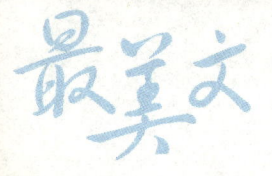

我那件事，你那个人

文 / 胡识

> 人的活动如果没有理想的鼓舞，就会变得空虚而渺小。
>
> ——车尔尼雪夫斯基

我读初中时，特别喜欢把好听的歌曲的歌词抄在两块五毛钱的日记本上，我抄了三年歌词，抄了好几本日记本。每次同学想唱歌，我都会把它借给他，他看着我那歪歪扭扭的字体，总会得意洋洋地嘲笑我说："鸡架子，你不但读书成绩不好，连你写的字也是鬼画符，你对得起这些歌吗？"

我简直快气尿了，将本子又夺回来，气急败坏地说："你借我的东西不给我汽水喝就罢了，还嘲笑我，我会让你后悔的！"但我个子矮，又瘦，我打不过他。我只好偷偷地继续抄歌词，我发誓我一定要在音乐这个领域杀出一条血路来。

真的，之后我上高中了，我竟然会创作歌词。每次上语文课，我都不听讲，我就是拼命地创作歌词，一边写又一边小声地哼唱。直到高中毕业，我已经创作了四百多首歌词，至今都被我收藏在一个女孩子送给我的盒子里。

我曾抄了三年歌词，创作了三年歌词，可我却没有创造一个好的自己，因为我成了同学口中最差的那个学生，沦落到像野鸡一样小的大学，我便管我读的那所大学叫"野鸡大学"。在野鸡大学学中医，我实在太压抑了，感觉每天都无所适从，我便开始接触网络，玩BBS，我将自己写的歌词发在学校的贴吧里。

我看别人写长篇小说，都会在题目后面加上"连载"两个字。我不懂，便问一位网名叫"土炮"的朋友，那是嘛意思。土炮说，那就是持续更新的意思。我长长地吸了口气，感觉特别开心，像收获到战利品。我立马翘课跑到学校网吧，将我的帖子也加上"连载"两个字，然后每天晚上都跑到网吧，像打了鸡血的战斗机，更新我的东西。

后来，让我感到惊奇并越发冲动的是，竟有很多人给我好评，还有人说要和我合作，我负责写歌词，她就负责谱曲，土炮负责演唱，我们三便是"炮灰乐队"。我竟有了自己的核心团队，那阵子可把我可乐坏了，我简直就像那突然没了斗鸡眼的小子，我时不时地跑到野鸡大学的天台上望着天空，天空会飞过一群大雁，一会儿呈"一"字排开，一会儿又呈"人"字结构，总之不论它们怎么飞怎么排，都意味着我们永远是第一。

可让我得意的日子并不长，因为后来有一天，领唱的土炮哥向谱曲的辣椒妹表白没有成功，他一气之下就将我们仨解散了。炮灰乐队成了名副其实的炮灰，我们从来没有在别的乐队跟前输掉一场比赛，我们最终却败给了自己。

离开炮灰乐队以后，我便又常常跑到野鸡大学的河里游泳，我真希望自己有天上不了岸，这样就不用讨厌现在的自己，也不用面对辣椒妹。自从辣椒妹拒绝了土炮哥后，她就开始每天缠着我，她说她喜欢我。但我不喜欢她，我不喜欢长得像辣椒，又有着辣椒性格的女孩子，即使她才艺了得。

我从骨子里认为辣椒妹只适合土炮哥。

有时候，人的命运是无法用统计学计算出来的，有一天，一个在传媒公司上班的大哥找到我，他说看中了我其中的两首歌词，要和我签约。之前，我从没有看过合同，也没拿过稿费，但那次我真觉得那一切就像做梦，亮得耀眼。

我用所获的一千五百块钱稿费请来土炮哥和辣椒妹吃大餐，我记得那个晚上，我拼命地对他俩讲述我的往事时，辣椒妹听着听着就哭得稀里哗啦，土炮哥将二锅头一杯又一杯地往嘴巴里送，好几次他还把酒送进了鼻子里，呛得要死。当然，土炮哥最终没有死成，反而春暖花开，因为辣椒妹终于在那晚下定决心要和土炮哥过一辈子。

我认为他俩是这世上最浪漫的一对情侣，因为他们兜兜转转还能在一起。而我喜欢的女孩子，那个送我盒子的女孩子却早已成了别人的女朋友。

土炮哥一直都喜欢辣椒妹，辣椒妹最终看到了土炮哥的好。我们仨又回到了曾经在一起的快乐时光，我们还是一起唱歌，一起在野鸡大学大吃大喝。只是我们不再叫炮灰乐队，因为后来我成了一名青年作家。

在我没有成为作家之前，我以为我被签了两首歌词，将来由某个大歌星演唱，我作词家的名气就会不胫而走。可时至今日，那两首歌词还是遭遇不幸，没有哪位歌星站出来唱我写的歌。我的心忽然在那会儿冷了半截，于是我疯狂地看书，发疯似的撰稿，即使刚开始写得惨不忍睹，我还是会看着那些干巴巴的字眼而自娱自乐。

我庆幸我最后成了那个讲故事而不是抄歌词、写歌词的人。因为我的故事，我时常能收到一些读者朋友的来信，每次和他们谈及写作、生活和情感经历时，我就如获至宝般、滔滔不绝。

抄歌词、写歌词曾把我变成了那个差等生的同时，也让我找到了自己，找到了自己最喜欢做的事。我结交了很多朋友，我过得比以前要好，活得越来越有信心。我曾一直认为自己差得惨不忍睹，总会不由自主地摸着自己的短个头，抓着自己那瘦弱不堪的手而不敢对那个女孩子说出"我喜欢你"。

我曾认为这世上的每一场暗恋都是暗无天日的奔跑，因为暗恋就是不再相恋。但某天，有个女孩子写信问我，什么才是喜欢一件事或者一个人，我终于敢大胆地对她讲了我这个故事，讲了我的初恋那件大事。我回信告诉她，喜欢一件事就是像我这样，而喜欢一个人也就像我喜欢做这件事一样。她看后，又回信对我说，她终于找到了自己，找到了她喜欢的那件事、那个人。

也许你这个时候也不到三十岁，和曾经的我一样，找不到自己喜欢的那件事、那个人，但只要你还相信自己可以等到那个年纪并为之努力，有一天，命运就一定能够让你如愿以偿。

（原载《语文周报》2013年第9期）

那天看到关于人生的定义，人生就是：定性，知事，选梦，遇人，择城，终老。愿每个人都可以尽早地找到自己喜欢的事，和那个陪自己很久的人。

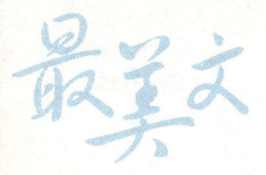

穷，也不能偷

文/阿识学长

  贫穷决不是有魅力或可汲取教训的事，对我来说，贫穷只教会我过高地评价有钱人或上流社会的优雅。

            ——卓别林

  每当逢上冬天，我和几个玩得要好的朋友就会坐在老槐树下谈起往事。这不，又是阿傻指着我额头上日渐增粗的皱纹调侃着说："鸡架子啊，你笑都笑得这么难看，又变得沧桑，老于世故了吧？"

  我理都不会理他，只顾捏着雪球，思忖起我的童年。这当中，最令我难忘的一件事，是我和阿傻偷别人家厕所里的纸。

  村里的那帮捣蛋鬼、穷鬼很早就学会了"聚众赌博"。我们搓得来麻将，能打各种纸牌。每当放学后，大部队就被分成几小队。一桌人搓麻将，另一桌人打拖拉机（升级），不幸被剩下来的就一股脑儿地挤在一起翻同花顺或是九点半。如果"聚众赌博"没有赌注，那就一点也不刺激。

  可那时我们都很穷酸，拿不出赌注，也输不起钱。经过小喽啰们的激烈商讨，领头的同意，大会一致通过，决定拿纸当筹码。

  纸在我小的时候也算是比较稀缺的资源，一毛钱才能买一小捆，一小捆只有十张。如果赢多了纸，不仅能卖一个好价钱，还能供家人上厕所使用，它软绵绵的，比用削好了的竹条可神气得多了。

我当年肯定踩到狗屎运，要不怎么会赌一次就输一次，至今回想起来，我都心有余悸。

可当年的我也不是省油的灯，越是输我就越一鼓作气，非得输到最后连课本都没有了，才肯承认自己已经殚精竭虑，命运塞涩。晚上，我偷偷地抹着眼泪跑到猪圈里发誓：再赌博，我就一头撞死在猪肚子上。

但阿傻分明是个死性不改的家伙，有一天，他一蹦三跳地来到我家，他说要告诉我一个振奋人心的好消息。但条件是我听完后必须答应他继续赌博，我感觉心里痒痒的，臊眉耷眼地点了点头。

接着，他神秘兮兮地把嘴巴凑到我耳根子边，洋洋得意地说："鸡架子呀，你是不知道哟，我看到好多人家的厕所里都放着纸呢。要不，我们去把它们统统偷来，那可是一笔可观的收入啊！"我听完后，感到特别激动，赶紧用手扯了扯阿傻的衣服："走吧，快走吧！"我生怕坐在旁边剥豆子的娘看到我鬼鬼祟祟的，就会说："兔崽了，你想干嘛？"

我们村的土坯房子东一座西一幢，杂乱无章。厕所都是用茅草，青瓦，和木头墩搭成的，人们喜欢用墨黑色的挂布当厕所的门。所以，这在很大程度上为我们偷纸提供了便利。

偷纸时，我们首先会确定周边环境是否安全，一旦碰到熟人，我们便会假装玩耍。等人离开了，阿傻便继续站在原地放哨，我就会迅速溜进厕所，把纸一卷，塞进衣袖里，拔腿就跑。

太阳下山后，人们陆陆续续回到家了，我们就偷不成了。于是，我们躲进村里的竹林里分纸。我拿三分之二，他得三分之一，我们乐呵呵的，开心极了。但我的开心并不能长久，等第二天把纸再次输个精光时，我的泪水便又开始在眼珠子里打转。阿傻瞥了我一眼又说："鸡架子，我们去偷纸吧！"

很长一段时间，我和阿傻扮演着偷纸和输纸的角色。直到后来有天下雪，我们被抓，娘知道我做贼。当晚，娘就当着村里人的面用织毛衣的

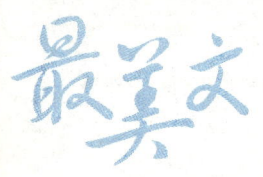

钢针使劲地抽我，娘骂我是个不争气的娃，连别人家厕所里的纸都偷。我骂娘不是好娘，别人家的娘都给孩子零花钱，而我家的娘不但不给钱还打人。

晚上，娘把我拉到床头，撸起我的衣管。她看到我身上的一条条血印，竟忍不住痛哭起来。

我撇过头，生娘的气。

直到再后来有一天，阿傻的娘对我说，我爹被一个女贼偷走了，他要和我娘离婚。我才突然明白，原来贼是埋在娘心里的地雷。

我拼命地跑回家，蹲在猪圈里用头不停地撞猪的肚子，我发誓，接下来一定要好好读书。

每下一场雪，我都会想起这件往事。因为它让我懂得了成长和做人的意义，让我得以明白：人，再穷也不能偷别人家的幸福。

（原载《考试报》2015 年第 9 期）

很多人犯了错误之后，总是归结于自己的贫穷上，其实仔细一想，这跟贫穷是没有关系的。有骨气，有自尊，人生才会走得长远。

成长总是带着些倔强

文 / 冬凝

　　逆风的方向，更适合飞翔，我不怕千万人阻挡，只怕自己投降。

——五月天

一

　　那天江小远看到一句话，说根生叶叶生花，花又结果，它们隔着距离却注定在一起。他双手掩了脸，许久才放开，揉揉红过的眼睛，捡过一支镖随手掷出，"啪"一下，正好击中靶心。

　　想起久远前，幼年时的许多深夜，他在酣睡，床头灯绒绒的暖光还在为爸爸留着。本应静美的场景，却常常被妈妈低低的呜咽打断。

　　爸爸出门不带他，爸爸说，你跟妈妈玩。开始，他还闹着要骑爸爸大马，到后来，他转身不看爸爸，甚至屏住呼吸。他不愿意看妈妈的眼泪，不想闻爸爸身上浓烈的烟味儿。

　　爸爸又去赌钱了，他是在夜半压低的争吵声中知道的，他们以为他睡了，但他没有。他把脸藏在灯的黑影里，不声不响，眼泪在他们愈加激烈

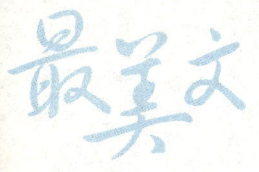

的争吵声中滑下来。

爸爸输了好多钱。

妈妈不想让他知道,他像是怀揣了一个巨大的秘密,这让他难过。他觉得自己力气太小了,甚至看着那么简单的飞镖,他都击不中靶心,哪会有能力改变大人的事?

想到向爷爷求助是因为听到别人对他的议论,那人说,这孩子含着金汤匙出生,是富三代呢,他爷爷有能耐。

找爷爷!他记得自己下决心跟爷爷说这个秘密时,神情严肃,紧咬着嘴唇。

……

他上了小学,爸爸就不再出去赌了。妈妈也在家,整理房间,做饭擦地,再送他上学,妈妈是家庭主妇。他听到爷爷说,女人照顾好家,拼生活的事交给男人做。

妈妈听爷爷的话,妈妈和他一样,最佩服的人就是爷爷。是爷爷掀翻了爸爸的赌桌,断了爸爸再赌的念想。爷爷要爸爸从职员做起,爸爸不肯。妈妈用眼泪、用温柔,也用发脾气劝爸爸,都没用。爸爸不去赌钱的那些年,只在家看电视,闷了就出门钓鱼。

于是,家里的饭菜也慢慢不再丰盛。

妈妈说,看电视与钓鱼不能负担一个家的生活。爷爷对爸爸很失望,但妈妈还在催促鼓励爸爸走出去。妈妈说,花老人的钱你真的心安?儿子都大了你还长不大?

爸爸气恼,去去,做职员才几个钱?我不稀罕!

妈妈给江小远买课外书,他成绩不好,阅读量却很大。他最早喜欢的是恐龙,然后是兵器、战争、冒险,他还喜欢地理和历史。爸爸质问妈妈他这样的成绩哪配看书时,妈妈的声音又冷静又坚定:儿子喜欢我就支持,我儿子是最优秀的孩子。

当时，他正捧一本关于导弹的书看得津津有味，爸爸妈妈的话还是飞进了他的耳朵。把眼睛从书上移开，他有点烦躁，抓起两支镖随手甩出。

都偏了，怔了好久，他觉得妈妈话里似乎有些异样的味道。妈妈会放弃爸爸吗？他突然想起爷爷的话，是男儿就有一份责任，维护好这个家。

突然领会其中的意思，他握了握拳头，两只偏离靶心的飞镖，见证了他成长的瞬间。

那天晚上看电视，讨论某男主角的对与错，他突然蹦出一句，爸爸，如果我考试考好，你就出去工作吧。说着，他向爸爸伸出意欲拉钩的小手指。

那一刻，客厅里的空气婉转迷人。三个人面面相觑，还是他夸张地喊了声，我说我要考前三名！

妈妈笑了，爸爸咧着嘴，也伸出了小手指。

二

收了心，果然就优秀起来。

爸爸虽没去爷爷公司从头做起，却也在镇里开了一家小的零件加工厂，当然是爷爷出的本钱。爷爷并不看好，可毕竟每年略有盈余，足以维持生活。

妈妈很满足，脸上总是挂着盈盈的笑意。他的成绩一跃而起不说，单是爸爸做事便让她欣喜不已。他几次听到妈妈感谢爷爷帮助，也听到妈妈安慰爷爷不要再为爸爸纠结，妈妈说，这样很好了，我已经很满足，毕竟，这个家再也不用您老人家养着了。

其实他也疑惑过，他觉得妈妈是不是有一点过于操心。其实即便爸爸不做事，爷爷的钱也足够负担他们和大伯姑姑三家的生活。表哥曾压低声音告诉过他，咱爷爷，有钱。

他问妈妈表哥说的是不是真的，但妈妈抿住嘴，很生气的样子。妈妈

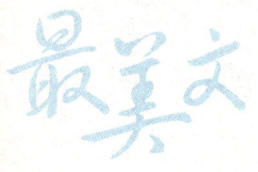

说，爷爷的钱跟你没关系，男子汉要自己去拼！

他跟妈妈解释，只是随便问问而已。其实，江小远一直是个有想法的孩子，他想考军校，想在将来研究尖端的武器。更何况妈妈虽然做主妇，却也是努力的妈妈，她闲暇读书写文章，在他眼里，妈妈也算很厉害的作家了。

耳濡目染，他又怎么会落后呢？

……

爸爸开始做事之后，妈妈仍然省吃俭用。妈妈对他说，读万卷书行万里路，男子汉大了，应该出去见见世面。

第一站选了北京。妈妈说自己没出过门儿，陪他出来就起个钱包的作用。于是，两人的吃住行全是她操心。

除去逛逛几个大景点，他就在军事博物馆、航天博物馆、科技馆这些地方泡，他的眼中充满好奇与急切，觉得自己就是一个小小的井底蛙。

几年时间，他与妈妈去过很多地方。漫漫长路，让一个不懂事的小孩迅速长大。他对生活对未来充满热情，他对妈妈说，妈妈，中考后的暑假，我想去西藏。

妈妈点头，他兴奋地与妈妈拉钩，一如小时候与爸爸拉钩时的郑重。

他把要去西藏的事告诉了表哥，表哥做鬼脸，你家还是有钱。

他欢喜地告诉爸爸，爸爸正忙着训练一只狗，没吱声。

他跟爷爷说起，爷爷脸上的笑容一丝一丝地收了进去。去西藏、去西藏，你爸不上进，你妈也败家！

他愣了，爷爷从没这样发过脾气。他突然弄不明白，去西藏，究竟对，还是错。

三

江小远是个敏感的孩子，从小就是，总能品出些许不寻常。比如当年妈妈对爸爸的失望，后来妈妈说，爸爸如果一直坚持不工作，妈妈真的会带他离开这个家的。

爷爷的态度让他满腹心事。

其实也不必费很多心思，多留心，很容易弄明白一些事情。

爸爸的小工厂收益不多，也并不用心经营，赖以保障生活的钱爸爸用来玩起了狗。他看到，妈妈眼里藏着深深的忧伤。妈妈沉默着，把原来做家务的时间，更多地用来读书写文章，她的第一部书，一部长篇少年成长小说，即将出版。

而爷爷的身体每况愈下，爷爷决定多分一份家产给爸爸，爸爸排行最小，也是最不长进的一个。可婶婶问爷爷，要说小弟家过得不好，弟妹怎么舍得带小远游山逛水，还要去西藏？

……

江小远正儿八经地与妈妈谈起爷爷与爸爸，也谈起去西藏的事。毕竟，是将要上高中的少年了。

妈妈很平淡，她说她用了很多年希望爸爸有一点上进心，可失望之后，现在她要自己努力了，她知道爷爷的不悦。

妈妈说，小远，你已经长大了，也有了分辨事情的能力。我许诺你去西藏，不能因为一份家产而失信，并且爷爷的钱是他老人家辛苦拼来的，我们怎么有资格以不长进、以过得不好为理由而多得到一份呢？

几天后，他听到妈妈与爷爷的谈话。爷爷在听明白妈妈意思的瞬间怔住，继而恼怒。你眼里还有这个家？我指望你用这份钱改变你家！想办法帮你们，拒绝是什么意思？

江小远犹豫起来，要不，顺从爷爷？

妈妈的话温柔又坚决。爸，您的心意，我懂。您放心，亲情在，无论发生什么事，我都不会舍了这个家。只是小远，他在长大，需要开阔视野，需要经历和学习。他是您的孙子，他有理由做一个见多识广、有内涵的优

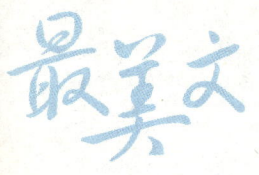

秀孩子。爸，您也知道，一个上进又守信的孩子比这份家产更重要。

江小远杵在那里，尘封的往事破了口。爸爸的不争气，妈妈的努力，爷爷又那么急切的心情。他老人家满头白发，俨然在哪一个不曾防备的顷刻突然老去。这一切，如潮水般一波接一波涌过来。

他漫无目的地把手里的飞镖一支一支掷出去，想了很久，仍然决定出发，他不知道自己算不算个任性的孩子。

正是黄昏，夕阳一点一点褪下去，他眯起眼。隔壁妈妈正在噼里啪啦地敲打着键盘，而江小远，却马不停蹄地长大了。

（原载《分忧》2014年第5期）

人总是要自己学会长大，相比那些在溺爱中成长的孩子，主人公算是比较幸运的了。少点溺爱，多点锻炼的机会，人生就圆满了。

那些让我拔节成长的陌生人

文 / 邹华卫

一个人的阅历，全部写在眼睛里，我的眼神从清亮到沉浊，所经历的不过是一场又一场的伤害和一次又一次的离别。

——独木舟

小学

她是小区里扫卫生的，与外婆差不多的年纪，显老、萎黄，腿脚有些不利索。

那年我即将小升初，考试频繁到让我厌恶，经常把从学校带回的试卷撕成小块随风一洒，然后恶作剧般看她一瘸一拐东跑西奔地去捡拾。

娇生惯养，傲慢无知。我与许多生活优越的孩子一样，不知道什么是尊重。

那天我正从口袋里掏出纸片，她瘸着腿奔来，声音柔和地制止我。我强词夺理，用极不礼貌的语言回答她。她跟我讲维护公共卫生的重要性，絮絮叨叨一堆道理。我鄙夷地看着她，她还在说着，我大声地恶狠狠地迸出三个字——土老冒，再把手里的纸片尽力往远处一扬，然后大步而去。

良久回头，她已经追那些纸片去了，我心中有一种胜利的暗爽。

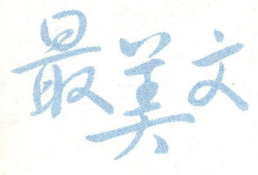

某周末午后,楼下尖锐的谩骂吵醒了午睡的我。望下去,一位衣着入时的妇女正指着扫卫生的女人,面目狰狞可怕,毫无素质可言。不远处的草丛里,一大箱烂掉的水果散乱着,汤汁四溅,连绿色的灌木上都挂了粘稠恶心的腐烂果皮。

而扫卫生的女人,她无助地叹气,向四周张望着求救无果,眼里满是委屈和无奈。灼灼烈日下,戴着遮阳帽的她汗流浃背,把衣服打得湿湿的。在吹空调都嫌闷的夏日午后,她躬腰收拾擦拭这些垃圾残液,几乎需要用去半个下午。

忽然明白,原来她承受过很多这样的谩骂与侮辱,而我也是其中一个。一时间我忐忑不安,内心经过激烈的挣扎之后,从冰箱里掏出两罐冰镇饮料下了楼。

我故意做出路过的样子,强装面无表情地说,那天是我不好,对不起。她抬头,诧异地张大嘴,受宠若惊。我把饮料递给她,她推辞不要,我坚持,她忙不迭地在衣襟上擦手,然后接过,放入随身的背包。

从那以后,她每次见了我都对我笑。

那年的冬天很冷,一场接一场寒流,新雪压着陈冰,毫无融化的意思。她拖着病腿,一天一天,一下一下清扫过去。我问她为什么年岁已大,还要出来辛劳,她黯然低头,然后微笑着小声说,女儿弱智,老头子又有病,我要养他们。

我的心皱缩成一枚果核。那天我知道,原来一个人只要为了家人,便可以这般坚持着,隐忍着走过一个又一个的炎夏与寒冬。

她一直定格在我少年的记忆里,我再没有乱扔过一片垃圾……因为我总能在不同的人身上,看到她的影子。

初中

初中时我考到了小城最好的实验中学,离家几站路,便义无反顾地选择住校,因为不喜欢父母的絮叨。

那时的我,与父母陌如路人,感觉自己羽翼已丰,便迫不及待地想摆脱他们,与他们相隔到越远越好。

学校门口有家卖油饼的小店,周末不想回家,我便成了小店的常客。开店的是一对夫妇,外地人,他们有个四五岁的男孩,常常倚在门口,调皮地冲我们笑。

更多时,他一声不吭地自己翻看油迹斑斑的画册,或在树下看蚂蚁忙碌,拨弄小花小草。夏日的午后,他就躺在小店门口的阴凉处,铺一张硬纸板,旁若无人地睡觉。客居异乡的艰苦日子,让这个应该在幼儿园无忧无虑玩乐的小孩早早成熟,不吵不闹。

又一个不回家的周末,晚饭时候,出门溜达够的我排在了买油饼的队伍最后。男人手脚利落地烙饼,女人则忙火火地招待顾客,忙中出错,前面几位妇女开始骚动指责,我没弄清,女人是数少了饼还是多收了钱。

妇女们显然是一伙,指着女人谩骂起来。男人很窘迫,一个劲儿地道歉,脸上尽是无奈与委屈。小男孩飞快地从树下跑过来,紧紧抓住妈妈的衣角,眼里满是惊恐。

很长时间之后人们散去,女人颓然坐到凳子上,男人拾掇着店中杂物,默默不语。小男孩松开女人的衣角,爬到女人膝上,他趴到女人肩头,一只小手尽力抚着女人的肩膀,另一只则轻拍女人的背,是一种极安慰、极体贴的姿势。

而就在这一瞬,我看到小男孩的泪水,他咬着下唇,努力忍着,尽力不被女人发现。大滴的泪,砸在女人肩头,瞬时洇开。

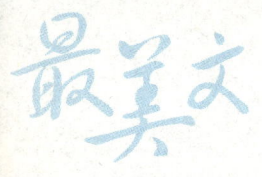

　　我的心倏忽间酸疼起来,小男孩强忍的泪水和满眼的惊恐像一记重锤砸在我的心口,我想起我忙碌的父亲和懦弱的母亲。我从来不屑与他们交流,即使是在他们人生的最低谷,我都不曾像小男孩一般安慰他们体贴他们,更不要说什么分担。我对父母,竟然连一个幼小的孩子都不如。

　　一夜没睡好,天蒙蒙亮我便回了家。从那天起,每逢出门在外,我有事没事便往家里打电话。

　　是的,我一天一天成长起来,他们,也在一天一天变老。

高中

　　高中时我考到县城,哥哥在离学校不远的医院工作,那年寒假到学校参加课外活动,便时不时到医院去玩。

　　医护办公室旁边的病房,住着一位中年妇人,面容憔悴。哥哥说她得的是慢性病,难得好转,只好定时来医院签到,以保证病情不再发展。我对妇人印象深刻,不因为她的病情,而是因为她的丈夫。

　　妇人的丈夫高大俊朗,举手投足有一种说不出的成熟味道,总是爽朗地笑,说极其幽默的话,逗得妇人与护士们开心不已。他完全没有因为妻子的病情,而表现出沮丧或痛楚,只看得出他因为陪护而略略显出的疲惫。

　　他是一家大企业的副总,白天上班,晚上陪护,已经好几个月了。妇人两侧的桌子上,总是摆满物品,吃的、用的,好似已经把这里当成了家。妇人丈夫做饭的手艺,更是护士们议论的焦点,虽是家常菜,但种类之多,数不尽数。妇人没有胃口,他尽心尽意想把妇人伺候得胖一点。

　　那天哥哥值班,护士查房时我便跟在后面。妇人一大家子人竟然在举行家庭宴会,我偷偷看一眼,有酒有菜,丰盛异常。因为是老病号,病人家属和医生护士相互熟悉到似一种特殊的朋友,也有许多病情之外的交流。妇人的丈夫便笑着为我们介绍，他们读高三的女儿和读初二的小儿子。他们一家人围坐在妇人身旁，叽叽喳喳说个不停，说学校、说成绩，也说妇人的父母，以及在她家里照顾两个孩子的公公婆婆。

晚上风很大，很晚我才回学校，已经少有人走动。途经病房楼后院，我听见风里有一种奇怪的呜咽，寻声望去，是妇人的丈夫，在没有灯影的暗处，正哭得撕心裂肺。他把脸埋在手掌里，泪水从他指缝间漫出，晶莹却闪着冷冷的光。

情不自禁站在旁边陪他，过了很久，他终于抬起头，看到我的时候，已经只剩下啜泣。他到院子里的水龙头下用力搓脸，然后抬起头问我还看得出么，我说有一点儿。我知道，他羸弱的妻子还在病房等着他。

他再一次用冰冷的水洗脸，仔细地把水擦干，再在风口吹了一会儿，然后用力挺直腰杆，整一整衣服，深吸一口气，对我笑了笑，上了楼梯。

我不知道他为什么哭，是心疼妇人的病情或工作繁杂，也兴许是一时找不到了生活的亮点。总之，他的脆弱不肯让父母和孩子看到，更不肯让他的妻子看到，他知道，他是他们心中最顶天立地的男子汉。

一刻间我突然体会，所有情感里面，隐忍应该是最深刻的一部分。我们可以为亲人奋力奔跑，甚至不惜跌倒疼痛，然后不顾一切地爬起来再坚持下去。

这一年我18岁，这个疲惫着坚持的男人，让我直面了人生的残酷真相。我看到他生活的一角，生活于他意味着巨大的压力，现实疯狂啃噬着他的努力与冷静，以至于让他在寒冷的冬夜躲到无人之处，哭得像一个孩子。

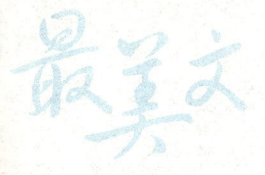

未来

曾经以为,每天日出日落,岁月会带我一路前行,让我自自然然长成一个大人,可现实远远不是这样。这些生命里的陌生人,一次又一次让我在瞬间警醒与拔节,如当头棒喝、醍醐灌顶。

今为人子,终有一天,我也会为人妇,为人母,也会为生计打拼,为理想奔波,长成一个上有老下有小、有责任有担当的大人。人的一生,需要承受的东西太多,而疼我爱我的家人,却是一直催促我向前的动力。

未来某一天,如果我也可以与他们一样,为了亲人而忍耐,忍耐世事艰险,忍耐冰霜雨雪,哭过挣扎过,也仍然可以一如既往地坚持与感恩,可以笑脸面对这个世界,那时候我就算真真正正长大成熟了。

(原载《语文报》2015年第22期)

我们总要经历一些事,见过一些人,才会明白我们认识的世界和生活是那么浅薄。于是我们就在那一刻,长大了。

在读书中遇到最好的自己

文 / 商艳燕

读书使人心明眼亮。

——伏尔泰

在我的记忆中,童年是一个如此旷日持久的过程。屋檐下的雨滴总是缓缓敲碎我恍惚的梦,童年在一朵朵紫色的牵牛号角中次第绽开;正午骄阳中,总担忧午睡会抢夺了白日梦的时光,我在山坡上与一朵不知名的小花相互凝视;山那边的斜阳拉长了一个孩子悠长的影子,疯长的野草上栖息着无数蝴蝶,扑上去,童年的气息洒满山野。

那是我孤独寂静的童年,它们多像一种隐喻铺满人生的旅途。整整一个暑假,我都无处可去,阳光从叶片里寻找方向,直闯进窗子里,到了地面却化成一大片的白,无尽的灰尘就在那暗光里回旋着,仿佛不知疲倦。

年幼的孩子跪在古老的大蓝木箱跟前,头顶着沉重的盖子,里面是几本枯燥严谨的书,《张思德》《老子》《孙子兵法》,那是军人父亲从戎的行囊,我无数遍地展开,只是想感受文字扑面而来的欣喜。只要是纸,只要有文字,就足以淹没我的空旷寂寥。就这样,我的童年如灰尘一样地不知疲倦。

从小我就知道我是一个如此平凡的孩子,能够收容我的孤独的,也许只有那只沉重的大蓝木箱。我喜欢上学吗?我不知道,但是我喜欢走在上

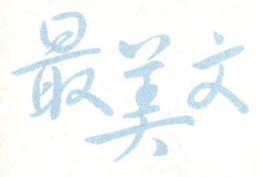

学和放学的路上，因为那条路对于一个孩子的脚步来说是如此悠长。泛着油漆厂废水油光的小河，路中间是一个老奶奶家的小屋，山坡上无边无际的花开，书包不再沉重，我喜欢在路上的感觉。

随着我升入中学，终于遇上了我终生不能忘的她。清晨的阳光细碎地洒在她年轻的脸上身上，她引我们走进李煜、李商隐、李清照的世界，才明白伤感、悲凉、离别、惆怅原来可以种在这么美的文字里，像花却又非花，如泪却又非泪。那便是我的心吧，静静地扑向这片沉重的大地。

此时，已在高中住校的大姐，有了零花钱的自由，我常常在她的书包里、枕头下翻出我所渴望的"闲书"，琼瑶、岑凯伦、席慕蓉、汪国真、金庸的作品。我像所有初长成的少年一样，在这些流行书籍里洗礼着自己的快乐与悲伤，而《简·爱》《傲慢与偏见》《巴黎圣母院》《红与黑》，这些外国名著引我走进更深沉的人类情怀。

读书使我觉得成长是一件多么值得期待的事情，它值得我熬过所有漫长的孤独，值得我为了那些未知的岁月坚持着存在。假如童年只是一朵在屋檐下悄然开放的紫牵牛的话，那么此时的我已开始变成一根努力向上的藤，尽管力量很微弱，却把目光望向了蓝天。

十八岁的生日，姐姐送我一套《三毛全集》，那个在荒漠里却开出灿烂文字的长发女子，用她忧愁却又鲜亮的文字为我点燃了岁月的灯，无论上帝为我们关上了多少门，总还有一扇窗子在某处为我们打开，不是吗？

我知道，以前所有的沉重都终将积淀在心头，绽放自己的颜色，上天创造了平凡的我，却也创造了独一无二的我。隔着三十年风霜，我触及到了她的温暖。

张爱玲的一抹苍凉伴着大上海的月光远去，那一炉又一炉的《沉香屑》的幽香在几十年后绵绵不绝，《不能承受的生命之轻》中昆德拉不相信沉重真的悲惨轻松真的辉煌，我也一样。《百年孤独》里飓风吹散了羊皮卷里最后一个孤独者，我抬起头，书里书外，好一场人世悲欢。许多年后，我读到新疆女作家李娟的作品，她说：当我以为我看到的是一个籽核时，我看到的却是一个苹果；当我以为得到的是一个苹果时，我得到的却是一棵树；当我以为得到的是一棵树时，我得到的却是整片森林。

我总相信，每一本书的出现都出于一场缘分，它们在我生命中每一个应该出现的时候适时地出现，引领我一步步走出那个曾经蜷缩着的自我。因为读书，我相信，每一个生命都值得存在，无论它有多么卑微。舒婷在《致橡树》里关于爱情的理想，难道不也是种在每一个女孩子心中那个"我"的一株木棉树吗？

读书，让我重新认识了世界，也重新找回了自我，那个被旧时代所重创的灵魂，那个被平凡字眼压得透不过气来的童年，就在读书的岁月里慢慢地告别了。告别，这是我喜欢的姿态，它不是意味着结束，而是意味着开始；孤单，意味着回响，意味着灵魂在寻找着它的栖身之所；寂寥，意味着梦想在唱响着它的自由之歌。

若不是读书，我又怎么能看到森林在我眼前慢慢靠近？若不是读书，我如何能够终于看山是山，看水是水？灰尘永远不知疲倦，目光却打开了崭新的窗子。

中年之身，我与孩子一起阅读童话，弥补我那曾经虚空的童年，我们和多萝西一起走进《绿野仙踪》，和尼尔斯一起骑鹅旅行，和《彼得·潘》在永无岛相遇。有人说，每个人的心中都住着一个孩子，那个孩子始终生活在他的童年里。

我想，只有我们重新回到童年，才能找回那个丢失的自己，把仙子的魔粉洒在他的肩上，他才能真正长大。我的童年没有童话，但我却不再责怪谁，我们不能永远像彼得·潘一样生活在永无岛上。

王小波在《黑铁时代》中说：如果我会发光，我就不必害怕黑暗，如果我自己那么美好，那么一切恐惧就可以烟消云散……我是如此热爱这样的句子，当我们执著于生活本身时，疼痛、悲伤、恐惧永远不会消除，只有

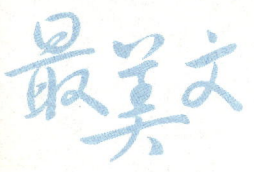

当我们努力地寻找着那个光明的自己时,黑暗才会像潮水一般自动退却。

读书这条长路,每一天都像是一次新的旅行,每一次旅行,都会让自己遇到那个全新的自己,那个更好的自己。而这一生,因为读书,我不曾与终生相伴却又素未谋面的自己擦肩而过。

(原载《语文周报》2014年第8期)

我始终觉得读书的意义到最后还是为了认识自己,参悟一个故事,思考一些事情。然后回归到自己的身上,批判亦或者感悟,读书就是不断批判自己和认识自己的过程。

融化的冰激凌

文 / 管笛琴

> 苦难有如乌云，远望去但见墨黑一片，然而身临其下时不过是灰色而已。
>
> ——里希特

七岁那年他出了车祸，头上缝了十几针，腿落下了残疾。那年他们家生意不景气，于是举家搬迁来到小县城，他插班到一年级。

可能因为不适应新的环境或者是车祸大脑留下了后遗症，他的动作慢，经常完不成作业，学习成绩不好，老师隔三差五地便把他父母亲叫到学校。他父母亲也着急，每天看着他做作业，这边讲完那边忘了，今天讲的明天就又不知道了。他父母亲干着急也没有什么办法，于是决定让他留级，再读一个一年级。

炎热的夏天在人们扇子下扇去了一大半，葡萄紫了，棉花白了，丰收的季节来了。孩子们背着新书包，穿着新衣服，开始新的生活。

母亲一手提着他的书包，一手牵着他的小手，把步伐蹒跚的他带到新的一个班集体里。他年龄大，个子高，老师就把他安排到最后一个座位。

刚开始，因为那些简单的知识他学了一遍，成绩虽然不好，但也过得去。过了半学期，他的学习又跟不上了，因为他是留级生，个子又高，走路又不利落，班里一些调皮的孩子便偷偷跟在后面学他走路。开始他还告

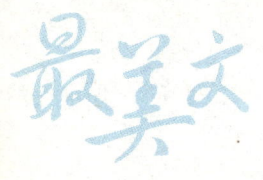

诉老师,老师也批评了那些学生,可时间久了,老师也懒得天天处理这些事情了。

于是,班里孩子常常叫他留级生,学他走路。他有时生气了,去打他们,尽管他比他们大一岁,但还是追不上他们。后来他变得沉默了,任凭同学们欺负也不吭声。就这样,到期末考试,他的成绩又是全班倒数第一。

学校学生成绩与老师绩效考核挂钩,各科任老师很生气,因为别人经常告他的状,惹得班主任老师也很头疼。把他父母亲找来,也没有办法,这么小的孩子总不能不让上学。学校也说不能再留级了,只能让他跟着走就行了。慢慢的,他就像那只丑小鸭一样,生活在寒冷的冬天里。

后来有一次,书法老师正在上课,他的鼻子忽然流血了,他手忙脚乱地用纸擦得满脸都是。班里孩子没有一个去帮助他,反而都在起哄。特别是他的同桌周大军,大声说他今天都放了三次血了。书法老师赶紧走过去,看他左鼻孔流血,就让他把右手举起来,不一会就不流了,然后用水把他的脸洗干净了。

书法课老师说:同学们,我们来学校学习,不论学习成绩好坏,都要先学会做人,做个好人,做个有同情心的人。一个人如果连同情心都没有,即使你成绩再好,将来也不会有出息的。书法老师的几句话,不管孩子们听懂没听懂,教室里安静下来了,老师继续上课。

"鼻血"事件过了没多久,周大军因为急性阑尾炎进了医院做了手术。班里孩子知道后,纷纷要去看。班主任老师怕孩子们一个一个去不方便,又拗不过孩子们的一片心意,便选择一个中午放学带着他们一起去。

高温天,闷热的病房里,孩子们挤到病床前,七嘴八舌地问周大军现在疼不疼,还向他讲起班里这几天发生的事情。

大家正讲到起劲,老师一扭头,忽然发现他满头大汗地出现在病房门口,他手里拿着一根冰激凌。倾斜的身体,蹒跚的步伐,几乎是向病床前扑过来的，大家赶快给他让开，他歉意地对周大军说："天太热，你吃根冰激凌吧！我走不快，冰激凌都快化了……"

病房里的空气一下子凝固了，几十双眼睛都盯着他。

虽然他有残疾，有这样那样的毛病，但是因为他的爱心举动，赢得了大家的尊重。大家对他的偏见和不屑，像那冰激凌一样慢慢融化了……

（原载《考试报》2015 年第 22 期）

我们大部分人都是普通的，在人群中那么不起眼，就像开在阴面的花，暗自生长。可是这没什么关系，只要体现价值，就是最棒的自己。

做一个让人笑得直不起腰来的人

文 / 段奇清

> 我们曾经为欢乐而斗争，我们将要为欢乐而死。因此，悲哀永远不要同我们的名字连在一起。
>
> ——伏契克

在有些人眼中，他是一个非常可笑的人。

那天，他去一家公司应聘，听了他的话后，主考官笑得一下子几乎要滑到桌子底下。笑完了，这位主考官擦了擦眼泪，赶紧往老总们的办公室跑，很快就来了好几位老总。原来这位主考官不要独乐乐，而是要与人分享众乐乐。主考官让他把刚才的话再说一遍，他说完，每一位老板都笑弯了腰……

硕士毕业后，学商科的他找到一份专业对口的工作：在福特汽车公司做会计。这份工作他可谓驾轻就熟，然而没过多久他就辞职了，他说做这样的工作实在是不快乐，他要找一份适才适性的活儿来做做。

那天他就来到了那家公司，人家还没开出条件，他"呱啦呱啦"说出了自己的想法："我喜欢讲话。"主考官一乐，问："除了讲话还有什么要求？"他说："我不喜欢繁复的行政工作，因此希望行政工作少一点，让我从早讲到晚。""还有吗？"主考官所有的笑神经都像花儿一样绽放开来，强忍住问。"还有待遇最好高一点。"他说。

主考官一定要大家一起乐，众老总们就这样被主考官叫来了。待他把刚才的话重复了一遍时，老总们一致认为他这三个要求太好笑了，一个个笑得几乎把持不住，其中有一个老板的假牙竟笑得飞出了好远。

可他自己一点也不觉得好笑，他说：我就是这样一个心怀坦白的人，我是认真的，他们录不录用是他们的事，我心中是怎么想的我一定要说出来。

就这样，他讲他的心里话，直让300多家公司的招聘人员有了一次酣畅开怀的机会。他手中只有27美元了，工作仍没着落，不得不买了绿豆熬了汤，一日三餐各灌上一碗勉强度日。在他喝绿豆汤喝了三四个礼拜时，终于有人看中了他这样一块"璞玉"。

那是一家证券公司，他"呱啦呱啦"说完了自己的要求。总经理问："你说的是真的吗？你想找一个可以从早讲到晚的工作？找一个几乎没有行政业务的工作？找一个薪水很高的工作？"总经理每问一个问题，他就要点好几下头，而且幅度格外大，因为他总担心总经理听不明白。

总经理终于"哈哈"笑了，站起了身，他以为这一下又没戏了。想不到总经理朝他走过来，给了他一个大大的拥抱，紧紧的，差点让他喘不过气来。总经理兴奋地说："我就是要找你这样的人，你怎么现在才出现？来这里应聘的人都说自己很努力、功课很棒，但都说不到点子上，说不到重点。我喜欢你提的三个条件，你明天就来上班。"

"此处不留爷，自有留爷处。"这句在自己心中念叨了千万遍的话终于变成了现实，他好不高兴。第二天，老板果然就给了他一桩成天只讲话、没有行政业务的工作。不，是一桩讲话讲到嘴巴都要流血的工作——老板给他下达的任务是：每天打500个电话，向接通电话的人推荐公司业务。这可是不能蒙混过关的，因为老板手上有记录器，只有到500个电话一个也不少时，他才能回家休息。

500个电话是一个什么概念，就是说，每天6点半进公司，平均一个电话不到3分钟，顺利的话，凌晨1点可下班，而通常是凌晨两三点钟才能

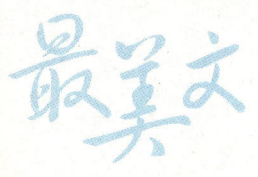

打完最后一个电话。他每天不停地讲话，常不小心咬破舌头，咬破嘴巴，血会殷殷地往外流……

他就是这样一个总让人笑破肚皮的人，他却在别人的笑声中成长起来。没几年，他就在华尔街闯出了一些名气，甚或有华尔街"股市神童"之称。后来，他成了美国最大的证券公司美林证券的副总裁，是公司唯一一位华人高层主管，年薪达到千万美元之多。这一年，他才34岁。

可不久后，他又不安分了，他认为美国股市太健全、太庞大了，那是一株已长成材了的大树，后面的路只能是慢慢衰老。1985年，他回到了台湾，他说他要把台湾股市带动起来。他的行动再一次让人笑掉大牙：不说年薪一下子降到了20多万新台币，而且筚路褴褛，辛苦万分。可他却说：我就是一个按自己的意愿做事、喜欢挑战自我的人。是的，他又成功了。

他就是台湾被媒体尊称为"股市教父"的胡立阳。

不怕让人笑弯腰，你才是一个最后能站直腰的人。听听胡立阳是怎么说的：不要听一般朋友的话，因为世界上90%以上的人都是平凡人，只能给你平凡的建议。不要只会"正面思考"，要"逆向思考""不正常"的人才能出人头地。不过，这样做常常难免会付出巨大的代价，因为没有人支持你，只有自己支持自己。

做一个让人笑弯腰的人，也活出了你自己，也就能得到你应有的一份成就甚或辉煌……

（原载《青年博览》2014年第11期）

做一个乐观的人不难，难的是一直保持这样的心态。这样的心态是无敌的。

第五辑

我们都曾年少

年少时，我们都曾犯过这样或那样的错误。有些错，可以求得原谅；而有些错，却得用一生的时间去忏悔。特别是当我想起乔智走路时拖着的那条残腿，我就无法原谅自己。

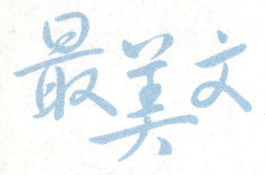

有谁知道李芳蓓的忧伤

文/安一朗

> 真正的朋友不会把友谊挂在口上,他们并不为了友谊而相互要求点什么,而是彼此为对方做一切办得到的事情。
>
> ——别林斯基

一

读高一的时候,我因为成绩优秀被选进了省重点高中。

班上的同学几乎都是城里长大的,唯有我来自乡下。不过,我很自豪,毕竟我能从那么偏僻的乡镇中学考进来。城里的女生都很漂亮,也很骄傲,她们第一次见到我时都笑翻了天。

我惶然地涨红脸,却愤愤不平地想:你们有什么了不起呢?不过出生在城里而已。

李芳蓓是最后来学校的,她有腿疾,没有参加军训。

一个土里土气,一个面无表情,班上的同学在背后叫我们"怪咖"。两个被众人嫌弃的"怪咖",自然而然就坐在一起了。

我们刚坐在一起时,面对我的微笑,李芳蓓也只是点点头,没吭声,也没表情回应,让我颇为郁闷。经历了几天的军训,我在新学校的新鲜感过后异常孤独。看别人呼朋唤友热热闹闹，而我在这里却没有一个朋友。

我想家了，想以前的同学，我在城市里总是格格不入，让人嫌弃，而住校生涯远没有自己想象得那么快乐。毕竟上高中了，那么明显地被人排斥，心里总不是滋味。

二

李芳蓓是走读生，每天上学、放学都来去匆匆。虽然同桌，但我们没有像其他同学那样很快就建立起友谊。

我其实很想和李芳蓓多聊聊，毕竟她是城里长大的女孩，她会知道她们心里想些什么。但李芳蓓用冷漠的铠甲为自己筑起了坚硬的保护层，让人很难进入她的世界。面对她总是毫无表情的脸，我很尴尬，实在不知如何是好？

时常在猜想：李芳蓓过去应该受过很深的伤害，所以她不信任身边的人，不愿意敞开心扉与人交往，而冷漠是她唯一可以保护自己的方法。

我多想有自己的朋友呀，虽然她不大搭理我，但我还是一如既往地主动与她说话，就连到走廊走走，我也会主动邀约她。

宿舍里的几个女孩，刚开始时也很嫌弃我，但天天住在一个屋檐下，面对我的友善和主动，关系倒是慢慢地变得融洽起来。我很为自己自豪，我始终相信：日久见人心，只要自己真诚待人，终有一天别人会知道的。

很庆幸，我做到了。

三

在这所省重点高中，学习竞争太激烈了，我再也找不到过去众星捧月的耀眼光环。虽然我学得很辛苦，但成绩也只在中下游徘徊，主要是英语和作文拖了后腿。面对毫无起色的成绩，我心灰意冷，真想转回县城的一中。

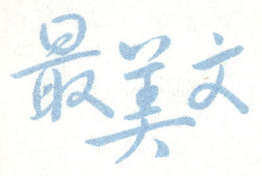

李芳蓓的成绩倒是出乎意料得好,在这样高手云集的地方,她能保持在前三名,真是不容易,我对她越来越佩服。

可是,班上有些同学对李芳蓓的成绩是不屑的,他们有的说她是"书呆子",有的说她"高分低能",甚至还有的说,分数再高,连朋友都没有一个也够可怜。

各种流言飞扬,我听到后心里很为李芳蓓感到委屈,但她似乎从来没当一回事。

"学霸都是怪咖,你看看那个李芳蓓,整天板着张死人脸,看了就让人倒胃口。"当后桌的女生也这样说李芳蓓时,我忍不住顶撞了她一句:"你这样说话太没良心了,李芳蓓教过你解题。"

我实话实说,没想到却捅了"马蜂窝",后桌女生伶牙俐齿,她瞪大眼对我一阵狂骂。我被骂得眼泪汪汪,毫无还击之力时,李芳蓓进教室了,见状,她淡淡地问了句:"你们怎么了?"我还没开口,后桌女生却气呼呼地又骂一句"乡巴佬",然后转身离开了。

我没勇气把后桌的话学给李芳蓓听,怕她会伤心,她确实是整天板着一张毫无表情的脸。有时也奇怪,李芳蓓怎么就不会笑呢?

"谢谢你!其实我刚才在教室外都听到了,你以后没必要再为我与其他同学发生矛盾了。"李芳蓓看着我淡淡地说。

她都听到了?我很惊讶她的淡然,她怎么就甘愿被人这样骂?

四

李芳蓓对我的友善,我慢慢地有感知了。虽然她还是面无表情地对我,但从她说话的声音里,我能感受到她的变化。

"学习上,光靠努力你会很累,有时还要讲究方法。"李芳蓓见我每次都为考试的分数忐忑不安时,说了她的建议。

一语惊醒梦中人,我突然就找到了自己成绩一直停滞不前的原因,我不能还是像以前一样学习，那样太费劲，毕竟高中科目更多了。只有讲究方法，才能提高效率、事半功倍。

我很感激李芳蓓的建议，对她的话深信不疑，她就是最好的证明。她还借了一些参考书给我，有时也会举一反三地指点我，让我的解题思路敏捷起来。出于感激，也出于我对这份友情的珍视，我对她丁点的付出都回报以最大的热情。

李芳蓓不是草木，她面对我长期以来的热情和友好渐渐地接纳了我。

一个周末，我看着欢欣鼓舞准备回家的同学，一个人郁郁寡欢地伫立在窗前。当李芳蓓走过来邀请我去她家做客时，我听后愣了半天没反应过来，她是第一个邀请我去家里做客的城里同学。以前的周末，别人的热闹只能更凸显我的落寞。

后来我才知道，我也是李芳蓓第一个邀请回家的同学。

五

李芳蓓家在一个普通的居民小区，房子很小，却收拾得很干净。

她的妈妈是一个优雅而温婉的女人，话不多，却让人感觉自在。我很羡慕李芳蓓有一个这么漂亮的妈妈，只是很奇怪，我在她家里，没有见到她爸爸。李芳蓓没说，我也不敢问，现在的单亲家庭很多。

是在很久后的一次，我与她妈妈聊天时，才知道李芳蓓原来发生过严重的车祸。她的脸部神经受到重损，再也露不出表情，腿疾也是那时留下的，那次车祸还带走了她的父亲。因为面无表情，李芳蓓总是遭人误会，但她宁愿被误会也不愿解释，因为她不想让人知道自己其实是一个"面瘫"。

李芳蓓心里还压着一个秘密，她觉得那次车祸都是因为她固执地要出行才造成的，是她害死了她爸爸。虽然芳蓓妈妈一直开导她，车祸不是她的责任，但她还是自责。

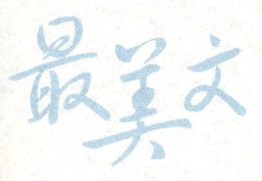

"几年了,她都沉浸在自己的哀伤中不肯走出来,身边一个朋友也没有……你是第一个她从学校邀请回家的同学,谢谢你对她的友善和帮助……"芳蓓妈妈说着,眼眶濡湿。

我惊呆了,从来没想过事情会是这样,芳蓓,她心里竟埋藏着这么多让她压抑的秘密,她的忧伤向谁诉说呢?没有人真正走进过她的世界。

我们总喜欢把和自己不同的人叫成"怪咖",可是有谁知道李芳蓓的忧伤呢?她毫无表情的脸上写满了我们看不见的痛苦。她需要朋友,需要理解和关爱,可是我们做到了多少?

(原载《高中生之友》(青春版)2014 年第 4 期)

> 我们跟别人是有距离的,因为一些不为人知的伤痛,因为难以启齿的柔弱。我们很容易接近一个人,可是很难彼此拥抱。

爱脸红的夏子默

文 / 阿杜

友谊有许多名字，然而一旦有青春和美貌介入，友谊便被称作爱情，而且被神化为最美丽的天使。

——克里索斯尔

一

夏子默是班上最腼腆的男生，他和女生说话会脸红；与人争辩时，更是一开口就会面红耳赤，然后结巴起来，半天挤不出一句话。班上的同学都爱捉弄他，看到他脸上红霞飞不知所措的样子时，就会开怀大笑。

那时，学习压力大，我们每天都有做不完的作业，还要面对没完没了的考试。虽然我的成绩还不错，但也过得'水深火热'，整天心烦意乱，毕竟不到最后一刻，谁也不知道结果会如何。

从小别人就夸我懂事，或许是吧，因为我明白父母的良苦用心，一直是个自觉自爱的女孩儿，守纪律、爱学习，严格要求自己。我的好胜心很强，我也看不得别人浪费时间，我总觉得，人都是好面子的，会为了维护自己的面子问题而努力。

夏子默成为我的同桌之前，我们没讲过几句话。我和同学的关系都是淡淡的，保持互相尊重，一直没有特别要好的朋友。如果不是初三最后半年，老师调夏子默坐在我身边，或许我的记忆中根本不会记得曾经有过这么一个同学。

二

夏子默动不动就脸红，比我们女生还害羞。在他成为我的同桌之前，我也只是跟着大家一起笑笑，然后就过去了。毕竟人与人是不同的，我没觉得他这样有什么不好，而且在紧张的学习中，因为他的存在，大家反倒有一些乐趣。

可是当夏子默成为我的同桌后，我看见他动不动就脸红感到非常别扭。怎么会有这样的男生？一点阳刚气质都没有。与他相比，我感觉自己就像是"女汉子"，我面对任何事情都很冷静、果断，会很快在脑海中想好对策。

夏子默小心翼翼地坐在我身边，他的位置靠墙，每天上课，他安安静静靠着墙坐，看起来挺认真的，可是一做起作业，却是这也不会那也不懂。刚开始，我友善地对他说："有什么不会的，下课时可以来问我。"很普通的一句话，他居然就脸红了，看得我起了一身的鸡皮疙瘩。这也值得脸红？想不明白他。

我不是那种热情似火的女生，但我也不冷血，我的成绩比夏子默好，看他解题眉头紧皱时，我会主动对他说："需要我帮忙吗？"他不吱声，却是以脸涨得通红来回应我。

我以前的同桌，虽然说不上感情有多好，但相处还是愉快的，大家互相尊重，和睦相处。我喜欢这样的关系，都说"君子之交淡如水"，那种浓烈亲密的友情是我所难以负担的，但夏子默这种不吱声的回应却让我难堪和不知所措。

夏子默的脸红，一次，两次，三次……一段时间后，我就烦透了。他的脸红没有来由，丁点儿大的事他也会在瞬间涨得面色潮红，我还感觉到他很胆小。我反感这样胆小如鼠的男生，讨厌这种没有交流没有互动的同桌关系。他动不动就脸红，有病呀？我在心里想。

"你什么毛病呀？扭扭捏捏的总是脸红，像个男生吗？你是男生，能不能大气一点？从容一点？"有一次，我在写作业，夏子默想借用我的英语笔记本，他用手轻轻碰我，我回头看他时，见他的脸上一片绯红，于是不悦地说。

夏子默没反驳，他垂下脑袋，脸更红了。

"没药可救。"我瞥了他一眼，摇摇头，顺手把笔记本递给他。

三

一般来说，同桌间的关系会比其他同学来得好一些。我在班上没有好朋友，同桌又是夏子默，心里挺郁闷的。

考试成绩时有波动，我的情绪也会跟着波动起来。考得好时，没有人会来分享我的快乐；考不好时，也没有人安慰我几句。虽然我不渴望如影相随的友情，但这种没有交集的同桌关系还是惹得我愤然。我把这一切都算到了夏子默身上，决定再也不理他。

又是一次摸底考试，我考砸了，成绩掉了三十多名。我的表情把我的心绪展现无遗，我想当时我的脸就像腊月天没有太阳的午后吧，阴晴不定。夏子默破天荒地开口说："你考那么好还不高兴呀？"我疑惑地把目光转向夏子默，他这是跟我说话吗？可是映入我眼帘的却又是他红通通的脸。

"你想些什么呢？是不是心里有鬼？怎么一跟我说话脸就红成这样？"我问他。

在夏子默开口前，我又了加了一句："和你同桌真没劲！一个总是莫名其妙就脸红的男生，心里肯定有鬼。"

"我只是想安慰你。"他委屈地说。

后来我想，那时候的夏子默会主动关心我，应该是犹豫了很久，作过思想斗争的吧，但我一句话就回绝了他的热情，把内敛的他好不容易才鼓

起的勇气又击落了。

"你管好自己就可以了,我不需要你变态的安慰。"我噘嘴说。

夏子默听完我的话后,没再哼一声,整张脸却红得吓人,连耳根都通红,像是得了过敏症。

临近中考的那段时间夏子默更沉默了,而我面对紧张的学习已经无暇再理睬他的情绪变化,他在我眼中就像披了哈利波特的隐形斗篷——视而不见。

那些原本成绩和我不相上下的同学,他们同桌合作,取长补短,互相帮助,成绩逐步上升。只有我和夏子默这桌,根本没有说话。

四

中考前一个星期的最后一次模拟考试时,班上已经升腾起浓浓的离别氛围,有同学开始暗中传递毕业纪念册,写临别赠言。面对别离,我心里也升腾起离别的愁绪。

虽然我和大家淡然处之,没有特别要好的同学,但我们至少一起走过了三年的时光,回想往事时,心里依旧有一些让自己感动的瞬间。特别是对夏子默,我有很深的歉意,他并没有做错什么,只是老脸红,我就怒斥于他,把自己的坏情绪都归到他身上。面对他好不容易鼓起勇气的关心,我也是全盘否定,还迁怒他。

"你也帮我写几句话吧!我们要毕业了。"夏子默把留言本递给我时,我愣住了。

他没有恨我?面对我曾经给他的难堪,他依旧希望我为他写下毕业赠言。面对他的主动和宽容,我第一次在他面前红了脸,我支吾着低声说:"夏子默,以前的事,对不起了,希望你能原谅我!"

"你没有错,而且我觉得你说的是对的,我一直在努力按你说的做,男生总是脸红不好,你没有恶意,我懂,你的真诚我有感知……"夏子默说着，脸又红了。他第一次和我说这么多话，第一次与我坦诚交流。

我很后悔荒废了那么多同桌的时光，要是在以前，我能够这样与他交流，该有多好。其实同桌了那么久，我还是了解他的，除了"爱脸红"外，他还真没什么缺点。虽然他腼腆内敛，不爱说话，但他对人友善，而且有一颗包容的心。每一次被伤害后，他都选择原谅，他说那只是一场玩笑，而且是他自己的原因。

和夏子默的宽容、勇敢相比，我觉得自己不仅心胸狭窄而且懦弱。明知道自己错了，我也鼓不起勇气承认，只会选择逃避不去面对。可是人生能够一直逃避吗？爱脸红的夏子默给我上了生动的一课。

"夏子默，你是一个勇敢宽容的男生，虽然爱脸红，但你有一颗水晶般美丽的心灵！脸红没有什么不好，但容易让人误会，希望你以后更从容、镇静一些就可以了，加油！"我思索良久，然后认真地在夏子默的留言本上写下这句话，这是我最想对他说的话。

五

夏子默很意外地在中考结束那天递给我一封信，他叮嘱我回家后再看。

我很好奇，也有些忐忑，夏子默会在信中写些什么？他该不会喜欢我吧？

自从我给他写了毕业赠言后，我们的关系缓和了起来。我们说话时，他的脸依旧会红，但不会像过去那样扭捏。我看得出来，他很努力地在控制自己的情绪，想让自己从容一点。我倒是打开心扉，把他当成朋友，与他轻松交谈。在以前，我总觉得同学间关系淡淡的就可以了，保持一定的距离是我的原则。但夏子默告诉我，这样的自己不会快乐。

我确实不快乐，我的身边没有好朋友，快乐无人分享，忧伤无人倾诉，可是我一直固执地错误地觉得——人生就应该是这样的。

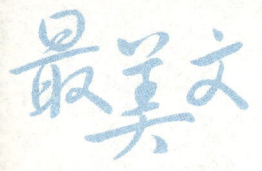

回家后，我匆匆展开夏子默的信。

阿杜：

谢谢你！同学中唯有你没有嘲笑过我，你对我应该是有一种'恨铁不成钢'的想法吧，你希望我从容一些，镇静自若，但我却总是莫名脸红。我的脸红可能真是一种病，和血液有关，你那次说完我后，我上网搜索过，谢谢你的提醒！不过，没关系的，考完试后我会让父母带我到医院做一次全面的检查……

你过得不快乐，对吗？你有上进心，有原则，也乐于助人，但没有人了解你，只看到表象，觉得你过分冷静，对人对事都没有热情，如果你试着打开心扉，你可能会收获完全不同的人生……我希望你快乐，永远快乐！因为你是一个那么善良真诚的人。

我很喜欢你写在我留言本上的话，谢谢你！

看着夏子默的信，看着纸上工整的字迹，我知道夏子默在写信时一定很用心。其实他已经是一个男子汉了，他的勇敢他的宽容足以表明，脸红什么的都是浮云。他对我的观察也是对的，我一直包裹住自己的心，与人隔着距离，没有朋友也就没有快乐。

就像夏子默说的，我们每个人都是不完美的，唯有真心的朋友才会告诉你，希望你变得更好。腼腆害羞的夏子默，在毕业前，用他的真诚给予我一份最真挚的友情。

（原载《少年文艺》（1953）2015 年第 1 期）

很多人都是盲目的，有时候看不清自己，庆幸的是，这个时候朋友就会站出来，给你指出你错误的地方并让你改正。这是很珍贵的友谊。

梦里梦外都是内疚

文 / 太子光

只是被狠狠的伤害过以后，再也无法认真对待。

——郭敬明

我的不良"企图"

杜锐长得瘦，还很丑，班上的同学都非常排斥他，说他是还没进化好的猿人。性格孤僻的杜锐总是一个人来来去去，像根孤独的麦秆。

我和大家一样也不喜欢杜锐，同学两年时间，基本上没和他说过几句话。每次开学后排座位，都是老师特别头痛的时候，因为没有人愿意和杜锐同桌。

大家都当面嫌弃他，说他怪，说他丑、脏，遭大家嫌弃时，杜锐不言不语，深深埋下头。被老师硬性安排和杜锐同桌的同学总是一脸不悦，大呼倒霉。每每这时，杜锐更是涨红脸，低头不语，仿佛这一切都是他的错。

可是初三那年开学后，老师排座位时，我主动举手，提出要和被大家嫌弃的杜锐同桌。大家都诧异地盯着我，不明白我什么心思。也有人认为我"良心发现"，对杜锐大发慈悲。

只有我自己知道那不良的企图，我希望能够评到"市优秀班干部"，这样中考时，我就可以加分，上重点高中就多了一道保险。仅凭成绩，我

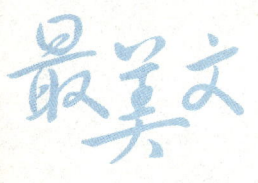

有机会,但怕万一,为了得到加分我豁出去了。即使面对自己不喜欢的杜锐,我也要装作友善而大度。

我帮了老师的大忙,解了他的忧,果然他在课堂上对我赞不绝口。我是班长,是老师的得力助手,成绩又好,现在再有一些表现的话,我相信那个"市优秀班干部"的名额一定可以落入我手。

意外收获的"友谊"

杜锐从没想过,我这个人缘好、学习好,长相也好的班长会主动提出和他同桌。当我把东西搬过去时,他咧开嘴,愣了半天神,但脸上露出了掩饰不住的笑意。

他小心翼翼地面对我,尽量做到最好,我知道他的努力,只是想回报我主动和他同桌的善举。但如果杜锐知道了我和他同桌的真正原因后,他还会这样对我感恩戴德吗?我单纯的笑容下,却是一颗并不单纯的心。

杜锐每天都很早到教室,擦干净桌子凳子。看见我进教室时,他会欣喜地望着我。我却是很讨厌他的笑,那样子丑死了,可是我又不能表现出来,只能违心地对他点点头。

杜锐对我的好,或者说对我善举的回报真是花样百出。体育课时,他早早准备好矿泉水;轮到我打扫卫生时,他主动留下来替我;遇到我去参加活动,没上到课时,他会主动帮我抄作业。他的成绩中等,但一手字写得行云流水。杜锐告诉我说,他从小就没什么朋友,大家都不愿意跟他玩,孤单的时候他就临摹字帖,这个习惯已经很多年了。

"怪不得你的字写得那么好,原来是排遣孤单的意外收获。"我轻松说笑,心里却是有些为他感到心酸。从小到大,他都没有朋友,那么可怜。

"你是我第一个朋友,第一个主动接纳我的人,我会珍惜的。"杜锐为了表示他的感激,在我面前宣誓般说了一番话。

杜锐说这话时,我有点心虚,脸微微发热。我知道自己不是他认为的那样，我一直都在嫌弃他，虽然他处处替我想，时时讨好我，但我还是打心里不喜欢他。我对他所有的好，只是为了自己心底里的不良企图。

我麻木的心被"软化了"

面对杜锐的真诚，我心里很不是滋味。我知道不该这样待他，对人更不能以貌取人。在他的善良面前，我时时反省自己的言行。

长得丑不是他的错，他还为此承担了太多不应该由他承担的孤独、白眼。他是个很敏感的人，我们的嫌弃，我们的嘲笑，一次次利刃般地在他心里留下道道伤口。但他还是选择宽容，在我们对他稍微友善时，他即刻会回报我们满腔的热忱。

我们的同桌关系，在我看来那是极不和谐的，我随便对哪个同桌都比对他好。但他还是非常珍惜和在意。杜锐是个比较害羞和内敛的人，那些他说出的动人的话，应该是他想了又想，鼓起很大勇气才说出来的。他更愿意用行动来表现他对友谊的珍惜。

他所有主动为我做过的事，都只是希望我能够当他是朋友。我懂，所以心里常常不安。他一如既往的友善，我的心渐渐被软化了。课间休息，我会与他说上几句话；出去玩时，也会叫上他；学习上，我不仅教他，帮他补缺补漏，还常鼓励他，帮他做规划。

"杜锐，这些题很重要，回家后你要再认真看一遍，如果时间够，重做一遍更有效果。"教他解完几道难题后，我对他说。

"好，我听班长的。"杜锐很郑重其事地说。

这个班长"当傻了"

同桌后，出于自己的目的，我常会教他，也管理他，他的成绩进步了十几名，对我不仅感激，还言听计从。

可是班上的同学却开始嘲笑我，说我这个班长当傻了。有个女生还乐

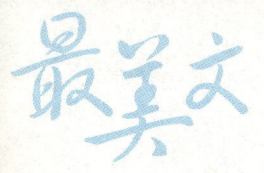

不可支地说:"班长,你被猿人同桌同化了,你知道吗?"

我忍住没有发怒,但心情糟透了。我把这一切责任都推到杜锐身上,都是因为他,连我也开始被人嘲笑。但我告诫自己,为了能够顺利拿到"市优秀班干部",我还得继续与他同桌,甚至还要继续帮助他,让老师到时候义无反顾地支持我。

我的心情一直都非常矛盾,我也很不喜欢这样的自己,可是杜锐不明白。他对我越好,我就越发讨厌自己,觉得自己自私、虚伪,是个势利小人。在和他同桌的时间里,在他真诚的友谊中,我时常想真心把他当成朋友,可我又害怕被嘲笑,毕竟他是被大家都嫌弃的人。

无法挽回的"口误"

一天中午,我早到学校,班上的同学就开始跟我逗乐。

"班长,你现在和那猿人的关系很不一般呀,成好朋友啦?"一个同学不怀好意地说,然后旁边几个同学就先忍不住开始哈哈笑了。

我红着脸,恼怒地说:"谁和他是好朋友呀?他配得上我吗?我不过是同情他而已。谁让我是苦命的班长,你们都嫌弃他,不和他同桌,我只好委屈自己了。"

"你这班长,为了猿人,也太委屈自己了。不过还好,我看那猿人对你可是鞍前马后,唯命是从、忠心耿耿呀!"那同学口若悬河。

"那是,他不这样对得起我吗?和他同桌,我要鼓起多大的勇气,要不你和他同桌一段时间试试看,心理得承受多大的压力呀?"我笑着说。

我不想被同学嘲笑,只能一味地诋毁和贬低杜锐,然后跟着众人一起哈哈大笑。

一落千丈的"失落"

在我笑得得意忘形时,突然一眼瞥见正站在窗户边的杜锐,我没想到，他已经来教室了。从他苍白的脸色看，我知道我所说的话，全都落入了他的耳中。

一时慌神，我不知所措，得意的笑顿时凝固在尴尬的脸上。我所说的不是我的心里话，同桌这么久，我其实已经把他当成朋友了，我只是不敢承认，但现在我把这一切都打破了，我深深地伤害了一颗真诚的心。

从那天后，杜锐再没有和我说过一句话，他的目光是那么茫然又带着恨意。在中考前，他离开学校了，再也没有回来过。

我没有勇气去找他，也没有勇气去求得他的原谅，他那么真诚地对待我，我却狠狠地把他的心撕得稀巴烂。

我无法原谅自己的行为，想起他时，梦里梦外都是满满的内疚和歉意。

（原载《语文报》2013年第18期）

> 一路上走走停停，不断相遇和离开。有时候是我们主动放弃，可是有时候，却被别人放弃了。

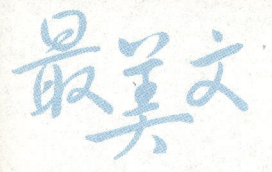

我们都曾年少

文/冠豸

在某种情况下，一个人的存在本身就是要伤害另一个人。

——村上春树

那一年我上初三，成绩优秀加上容貌出众，使我在学校备受关注。

乔智转学过来时，我根本没把他放在眼里。瘦小的他，头却特别大，陌生的缘故吧，他很拘谨，从进教室后一直低着头。他的头发微卷，远远看过去，乱糟糟的，再加上那身陈旧的短小衣服，我觉得他像个小丑。

"噢！来了个乡巴佬！"坐在后排的一个男生夸张地尖叫了一句，引来满堂哄笑。

我注意到乔智是红着脸走到位置上的，连耳根都红了。我不屑地笑了笑，没再注意他。

第一次英语单元小测，我得到了满分。只是我没想到，两张满分的卷子中，另一张居然是他的。当老师念出乔智的名字时，我愣了一下，嘴角不经意地撇了撇。是他？凑巧的吧？一直以来，我的各科成绩在年段都是独占鳌头，这使我很喜欢那种高高在上的感觉。

乔智在班上很少说话，每次课间他都一个人坐在位置上发呆。我在班上有绝对的威信，想孤立一个人是轻而易举的。有几次，我感觉到他想来和我说话，但一看见他走近，我就故意邀上同学走开。我不想和他说话，更是拒绝他的友谊。或许几次后，他就能明白，是我把他孤立起来的。

班上的男生有时还会捉弄他，学他讲那乡音浓重的普通话，让他当众出丑，而我们却在边上放肆地笑得前俯后仰。沉默的他愈加沉默，有几次我都注意到他凝望窗外时湿润的眼眶。

乔智来之前，我的作文一直是被老师当作范文的。在开学初，老师就说在期中考试后会推荐一个同学到市里参加作文比赛。我很自信地以为一定是我。在乔智来后的第一次作文课，我照例等着老师朗读我的作文等着同学崇拜的目光，心里欣欣然。但这次老师没有选我的作文，而是朗读了乔智写的《父亲》。

第一次，我体会到了"失落"的感觉，如虫噬一般。那堂课我什么都没听进去，心乱如麻。老师还把乔智的作文推荐给市报社，并在几天后的副刊发表出来。当同学把印有乔智文章的报纸递给我时，恼怒之下，我一把将报纸撕得粉碎，狠狠摔在地上。嫉妒的怒火在我心里熊熊燃烧，我恨不得也把乔智撕成碎片。

乔智的成绩越来越好，面对老师对他的表扬，我不屑地哼哼。我希望在期中考试时可以和他一分高低，我很努力地复习，比以往任何一次都更认真，我以为自己一定可以独占鳌头。但我在红榜上看见名次排位时，我几乎是"怒火冲天"。红纸黑字，清清楚楚地写着：第一名：周乔智，595分；第二名：吴君，594分；第三名：陈炎，578分……好家伙，居然多我一分！我低语却是咬牙切齿。

"哇！这次第一名是周乔智，吴君的霸主地位被人取代了……""哪个周乔智？是不是上次作文上了报纸的那个？"……周围的同学窃窃私语。一阵阵的谈笑声利刃般撕割着我的心。这一次，我尝到了"失败"的滋味——苦涩。那天夜里，我第一次失眠，翻来覆去，脑海里一直是乔智大大的脑袋和讥讽的笑，我恨透他了，恨他抢走了属于我的荣耀。

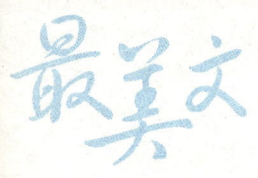

期中考后,老师就在班上公布了去市里参加作文比赛的人选:周乔智。那天,我坐在位置上听着老师宣读名字,气得手直哆嗦。我不知道自己是怎么离开教室的,我和一群同学一起去了学校附近的一个小公园。

坐在绿荫下,我一直板着脸没有说话,他们闲坐一会儿后就开始骂骂咧咧。"都是该死的周乔智,这家伙越来越嚣张了……""找个机会,好好教训他一顿。"他们扬言要教训他,我默许,心里也恨不得这样才解气,接二连三地抢我风头,我咽不下这口气。

准备离开小公园回家时,我突然看见乔智在公园另一边的树荫下看书。看见他,我就来气,连目光也变得冰冷。"你们不是说想要教训那家伙吗,去呀!就看你们敢不敢了,他就在眼前。"我瞥了一眼乔智所在的位置,不屑地看着身边的几个男生。我知道我脸上的不屑表情可以激发他们的斗志,他们一定会过去教训他。

一直暗恋我的余斌大受鼓励,他果然第一个跳出来说"有什么不敢的,我一定将那小子打得哭爹喊娘。"说着他就走了过去,其他几个男生也跟着过去。我远远地站着,心里有些忐忑,又有些兴奋和解气。听不清他们说了什么,我就看见余斌飞起一脚踢在乔智的后背把他踹翻在地,其他几个男生一拥而上,围着他拳打脚踢。

我漠然地观望着,一颗心不受控制地狂跳。我看着乔智抱着头左躲右闪。血!我看见乔智鼻子出血了,只一会儿工夫,他的白T恤就沾满一大片鲜红的血迹。突然,我听见乔智凄厉地大叫了一声,然后蹲在地上双手抱着脚,一脸扭曲。

听见他撕心裂肺的喊叫,看见他浑身血迹,我害怕了,跑着过去,抓住余斌的手说:"你们别再打他了,会打死的。"我过去后,他们停止了打乔智。"这次看在吴君的面子上就算了,下次揍扁你!"余斌狠狠地说,还不解气地把乔智的书本撒了一地。

乔智一直蹲在地上,低着头,双手捂着脚,痛苦地呻吟。他根本没明白过来怎么回事就挨了一顿揍，连T恤都撕烂了。我们走后，远远的，我还回过头，我看见他艰难地爬起来，拐着脚蹒跚地在捡那些撒落在草地上的书本。

那一刻，我心里有些难过，满满的都是罪恶感。我不知道自己怎么了？居然如此凶残？我鼓动余斌他们去打他，看着他流血，听着他惨叫，望着他瘦弱的身体在风中颤抖。我心里梗塞，一阵黯然。

找了个借口，我离开余斌他们又悄悄返回小公园。公园里空荡荡的，我站在乔智刚才挨打的地方，心里惘然若失。我是讨厌他，我是恨不得他被打，但看见他身上的斑斑血迹，我又难过。

独自坐了很久，脑子里空空的。离开公园时，我在冬青树丛里捡到了一本日记，打开一看，才知道是乔智的。我想应该是余斌刚才撒他书包时留下的，他没有找到。犹豫了很久，在好奇心占上风的情况下，我打开了乔智的日记。

一行行整齐的钢笔字吸引着我的目光，我一页页地翻看着。日记是从乔智转学过来前写的。原来他是外县的，家在很偏僻的一个小山村，我还知道他母亲已经病逝，他独自跟着打工的父亲来这里读书。他能进县一中是因为房东叔叔的帮忙……日记里详实地记录了他生活中的点滴。当我看到他进学校后的那部分日记时，心里紧了紧，手心里满是细密的汗珠。

"为什么他们都不喜欢我？我做错了什么？因为我是一个乡下人？还是因为我的贫穷？我很喜欢他们，特别是吴君，我真羡慕她，人缘好、学习好，长得漂亮……只是不知为什么，我觉得她非常讨厌我……"

泪水什么时候涌出眼眶，我不知道，当泪水滴落在日记本上时，我才惊觉自己早已泪流满面。合上日记，我木然地坐着，眼神荒芜。路灯已亮，昏黄的路灯下只有我孤单悠长的影子。

第二天，乔智没来学校；第三天，乔智还是没来学校。我的不安愈加强烈。余斌几个也很紧张，忐忑、恐惧汹涌而至。我们几个像惊惶的老鼠一

样观望着，却没有勇气向老师承认错误，也没有勇气去打探乔智的消息，只是每个人都在心里暗暗祈祷。那些天，我不再嫉妒乔智，也没有了恨，自从偷偷看了他的日记，我罪恶的心一刻也没有停止过忏悔。

乔智在一个星期后回到学校，那天我正好顶替他去了市里参加作文比赛。那次作文比赛，题材不限。我一气呵成写下了自己和乔智的故事，写下了自己残忍和不安的灵魂。因为情真，写着写着泪水就止不住地涌出眼眶。我在忏悔，我不知道要如何才可以赎罪？

乔智没有把事情的原委告诉老师，只说自己不小心摔到水沟里了。我不知道那次乔智伤得如何，只是那次以后，他一直拖着一条腿走路。

从市里比赛回来，我一直没有勇气面对他，上课、下课我总是默默注视着他单薄的背影愣神。当余斌几个男生和乔智建立起真正的友谊时，我这个罪魁祸首却一直缩在原地，没有勇气乞求他的原谅。

每次看见乔智拖着一条腿走路，我便心如虫噬。乔智有时会主动和我打招呼，我朝他点点头、微笑着，想开口说话，却一个字也说不出来，他的善良让我无地自容。

一直到乔智离开，我都没有和他说过话。罪恶的梦魇时时折磨着我，让我夜不成寐。

那次市作文比赛，我意外地得了一等奖，这是我没有想到的结果。面对荣誉，面对大家的祝贺，我没有快乐。我一次次翻阅乔智的日记，泪流不止。我可以接受他的友谊么？我知道，他会原谅我的，他那么善良，但我如何能够原谅自己？我配得到他纯洁的友谊么？

我一天比一天沉默、愧疚。那天，那群人中，我是唯一没有向乔智道歉的，而事端全由我一手挑起。

后来，没有人再提打架的事，所有的过往就像一场梦境。班上除了我，别的同学都相处融洽。那时面对紧张的中考，大家渐渐进入"争分夺秒"的状态，没有人理会我抑郁的心情。我在乔智的日记本上写下了一页又一页的忏悔，渐成习惯。

中考前一个月，乔智转学回原学籍参加考试，他在我们学校只是寄读。他离开的那天，我一个人躲在学校后面的小树林里哭泣。我不知道如何形容自己当时的心情，仿佛天崩地裂。再也没有机会乞求他的原谅了，我将一生愧疚。

年少时，我们都曾犯过这样或那样的错误。有些错，可以求得原谅；而有些错，却得用一生的时间去忏悔。特别是当我想起乔智走路时拖着的那条残腿，我就无法原谅自己。

（原载《文艺》（少年读者文摘）2014 年第 3 期）

> 有些事情是无力更改的，就像青春那般迅疾，来不及自己选择和迟疑。后来我们就消失于人海之中，而那些曾经给予别人的伤痛，也只好默默忏悔了。

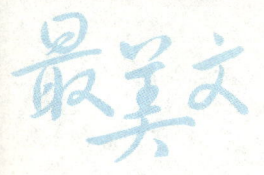

杜纤纤的幸福时光

文/冠豸

> 友谊是一棵可以庇荫的树。
>
> ——柯尔律治

一

没有压力的生活就会"心宽体胖",这点杜纤纤"身"有体会。自从老班公布了保送上一中的名单后,她终于如释重负。

在别的同学继续为中考忙得焦头烂额时,杜纤纤正悠闲地倚靠在家里宽大的真皮沙发上,捧着一瓶冰冻过的大可乐,边吃爆米花边看碟。那些她原本想看却怕耽误做功课而不敢看的碟片被她一次性从音像店抱回家,她彻底地过上一把瘾。

父母允许她偶尔的放纵,毕竟她保送上一中为父母挣足了脸面,整个年级五百多人,杜纤纤就占据了第二个保送名额,这是何等荣耀的事?爱女心切的杜爸爸投其所好地买回了大堆的零食冷藏在冰箱里任其自由选用;杜妈妈更是为了犒劳劳苦功高的女儿每天变换着花样做女儿爱吃的各种菜。

紧张的中考与她无关,夏天炎热的天气也与她无关,杜纤纤每天呆在开足了冷气的家里看碟片、听歌、上网、吃零食,日子过得像神仙一般。

这样无忧无虑的日子过了三个月，可是新学期来临前的一天，杜纤纤对着家里宽大的试衣镜犯愁了。奇怪？那些衣服、裤子怎么齐刷刷地集体缩水了？望着镜子里圆滚滚的自己，杜纤纤惊讶地大叫："妈，我的衣服缩水啦，不能穿啦！"

杜妈妈闻讯赶来，她看着珠圆玉润的宝贝女儿乐不可支："纤纤，你好像是长胖了。""是呀，怎么办？都怪你们整天让我好吃好喝，养猪似的。"杜纤纤耍起了小孩子脾性。"没事没事，开学后马上要军训，几天下来你肯定就瘦了。"杜妈妈拍拍女儿肉嘟嘟的手臂安慰道。

躺在床上，想着即将开始的高中生活，杜纤纤异常神往，但一想到军训她又犯愁了，一整夜翻来覆去。

二

一中实行的是集体寄宿制，全封闭管理。把东西搬进宿舍后，杜纤纤就不想动了，她已经累得大汗淋漓。

几个女生在整理铺盖，她们一边动手一边聊天，互相打听对方的名字和原来的学校。

"你是杜纤纤么？听说你是五中保送上一中的？"一个戴眼镜的女生亲热地问她。杜纤纤没想到这事她们居然也知道，不好意思地笑了起来。几个女生很友善，她们见杜纤纤体积大，都手脚麻利地过来帮她整理东西。

几个女孩很快就熟悉起来，在她们谈得兴高采烈时，有个老同学过来找杜纤纤了。

乍一见面，那女生大声惊叫起来："纤纤，你这三个月是怎么回事？小日子过得也太滋润了吧？"杜纤纤伸了伸腰，嘟着嘴说："是呀，可怎么办？"那女生站在杜纤纤旁边，她趁机捏了捏纤纤肉肉的手臂，一脸坏笑。

"别笑！我都愁死了，只不过没参加中考放松了一阵子，这身上的肉肉居然就不知不觉地猛长。"杜纤纤叹气说。

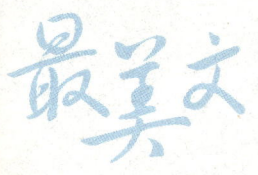

老同学见面总是开心，聊了一会后，话题就放在了以前的同班同学身上。杜纤纤急切地想知道，有多少同学考上一中了。"除了你外，只有六个，好些同学都考砸了。"女生说。

杜纤纤听着，心里很不是滋味，她突然觉得自己太过分了，自保送确定下来后，她都没回过母校，也没去找过一个同学。其实在以前，杜纤纤和班上的同学关系还是不错的，她虽然胖点，但学习好，人缘好，大家都喜欢和她交往。

"这么久了你都不和我们联系，纤纤你不想念我们么？"那女生突然埋怨道，然后她讲起了毕业前夕大家分别时的事。"你知道么？大家都很想念你。"杜纤纤平静的心湖仿佛投下了一粒小石子，泛起了圈圈涟漪，她开始懊悔自己不该天天窝在家里看碟片，早知道就多出来找找同学，也不至于胖成现在这样。

傍晚时，又有几个老同学过来找杜纤纤，她乐坏了，根本没想到自己在老同学的心目中居然如此重要。她们互相调侃着，笑声阵阵，一种温暖的、亲密无间的感觉暖流一般在杜纤纤心里涌动。她明白了那个叫作"友情"的东西。

第一次住校，杜纤纤失眠了，她望着窗外黯淡的夜，思绪万千。突然不知从何处随风传来一阵音乐声，是朴树的《那些花儿》。

歌声有些飘渺，但那熟悉的歌词却在杜纤纤心里一遍遍闪过"那片笑声让我想起我的那些花儿，在我生命每个角落静静为我开着，我曾以为我会永远守在她身旁，今天我们已经离去在人海茫茫……"

朴树的歌声嘶哑还有点凄凉，听得杜纤纤禁不住热泪盈眶。

三

军训确实是件苦差事，特别是对于杜纤纤这种连体育课都害怕上的胖女生。列队、踢正步、左转右转，转得她分不清东南西北。

头顶上的太阳拼足了劲，热力四射，杜纤纤每每列队一会儿就汗如雨下，整个人像刚从水里捞出来的。教官看她确实累得不行了，也就不再计较她的动作是否协调、标准。可杜纤纤倔，她严格要求自己，累得直喘粗气也不肯放松。

如果在以前，不用老师说，她自己就会找各种借口偷偷懒。那时也胖，但杜纤纤从不着急，她还美其名曰"心宽的人体才会胖"。但现在不一样了，杜纤纤有自己的小秘密。

是在报道那天，她在一群新生中看见了一个让她一见倾心的男生。那男生说不上帅气，但阳光，充满活力，特别是他脸上洋溢的笑容，让杜纤纤沉溺其中不能自拔。

"窈窕淑女，君子好逑。"一个假期的言情电视剧恶补，杜纤纤已经明白，男生都喜欢瘦点的女生，所以当杜纤纤发现自己比原来还胖时，她终于接受不了了。减肥成了她进高中后确定下来的第一个目标。

杜纤纤是个意志力坚强的女生，她要把减肥当成功课一样来对待。就算军训时，教官额外开恩，看在她胖的份上照顾她减少运动量，她也不领情。杜纤纤知道，唯有咬着牙根坚持下去，自己才能瘦下来。

一个星期坚持下来，杜纤纤累得快散架了，但她心里却异常兴奋。军训结束的第一件事，她就偷跑去称体重。居然轻了三斤，她乐疯了。更让她开心的是，她在军训时看到那个一脸灿烂笑容的男生居然对她笑了，而且他的眼中满是欣赏和赞许。

四

杜纤纤真的把对待学习的认真劲儿用在减肥上了，从一日三餐的摄取量，到每天傍晚坚持一个小时的运动，杜纤纤严格执行，她还杜绝了所有零食的诱惑。减肥这件苦差事，她因为心中的动力，再苦也愿意承受。

她最愿意到操场跑步了，因为她偷偷喜欢的那个男生每天傍晚也会在

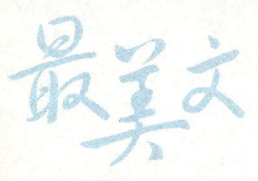

操场上跑步。偶尔碰面时，那个男孩都会朝她点头微笑，让她觉得自己所承受的所有苦都值得。

夕阳下的校园一片金黄，一片温润，那男孩的笑容也仿佛镀上了金色，让他整张脸看起来都熠熠生辉。杜纤纤的心不由得就怒放成花。

杜纤纤的成绩一如既往的好，她的乐观和自信赢得了新同学的喜欢，当然，她也学会了珍惜老同学之间的友谊。她很喜欢自己现在的状态，与人和睦相处总是件快乐的事，何况她要在她喜欢的男生面前把自己的所有优点都展现出来，不必说出口，自己在心里喜欢着就可以了。

"女为悦己者容"，书上是这么说的，杜纤纤奉成信条，她要努力，不仅在学习上，还有减肥上。

（原载《学苑创造》（C 版）2012 年第 4 期）

有些成长是残酷的，有血有泪；有些成长是无声的，像是微风掠过。这其中的苦与乐只有自己知道。

一场夭折的"离家出走"

文 / 龙岩阿泰

名不见经传的战争,力所不能及的青春,沿途狂奔。

——张嘉佳

一

我叫柳若彦,在大家眼中,我一直是个乖巧、懂事的女孩儿。

父母对我很严厉,要求颇高,为了不辜负他们的期盼,我总是努力做到最好。我知道,家里所有的亲戚朋友都夸我,把我列为他们孩子学习的榜样,觉得我天资聪慧,无所不能。

可是,我明白自己只是一个普通的女孩儿,智商没有比别人高,努力是我唯一的途径。我很累,时常想停歇下来。那些小女孩的心思我也有,可是我不敢说,更不敢表露出来,我要把有限的时间合理地利用起来,才能应付各种学习。

那些被人神化了的"传奇"枷锁般让我痛苦不堪,"保持第一"——简单的四个字却需要我在背后默默付出太多的努力和失去太多玩乐的时间。

久而久之,无论面对考试,还是各类比赛,我都习惯把目标盯在"第一名"上。屈居亚军,对于父母而言,我就是失败。

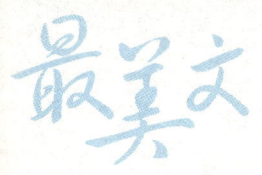

二

围棋大赛，我最后输了，屈居亚军。

如果在以前，我肯定会郁闷不乐，患得患失。但这次比赛失利，听了同桌林子童的话后，我居然不难过了。

林子童说，他也参加了这次的围棋大赛，不过在第一轮就惨遭淘汰，赢他的对手就是最后赢我的那个冠军。

"其实你的棋风比那个冠军更犀利，但后面有点轻敌，要不你就赢了。这是棋社里的老师说的，柳若彦，你真棒！"林子童说。

"嘲笑我呀？我都输了。"我没好气地回驳他。"我哪敢嘲笑你？你可是我的偶像。"林子童一本正经的表情逗乐了我。"呕吐的对象吧？"我说。"柳若彦，你同桌哪能那么坏呢？"林子童见我笑了，也轻松起来。

林子童告诉我，班上的同学都很羡慕我。"还有嫉妒和恨吧？"我说。"嗯！谁让你总得第一，让人情何以堪？你就像无敌的女金刚。"他夸大其词地说道。我笑了起来，还"无敌女金刚"呢，其实我只是一只"纸老虎"，内心的脆弱被耀眼的光环遮挡住而已。

"参加比赛，谁都想得好名次，只是很多人得不到。知道吗？柳若彦，我特别崇拜你，我也学过很多东西，却没有一样能坚持下来，而你做到了……"林子童说。

我没想到，表面大大咧咧的林子童其实内心细腻柔软，他安抚人不留痕迹。当他一脸敬仰地说他崇拜我时，我的心仿佛飘上了云端。

三

当我带着笑脸回家时，居然遭到老妈的一顿训斥，她说我比赛输了，却没有一点认错的态度。

"第二名就是犯错了吗？"我第一次很强烈地和老妈顶撞起来，"你那么厉害，为什么不自己去比？"我问她。"你什么态度？竟然这样跟我说话？"从没被顶撞过的老妈愣住了，招架不住时竟然用强权来压制我。

这次我没有像过去她骂我时一样掉眼泪，而是大叫着再次质问她："你又有什么是一直得第一的？凭什么我就不能输呢？你那么平凡，凭什么要求我不平凡？"

"你一定是疯了，从回家后就不正常。比赛输了，还能乐呵呵地回来，现在又用这种态度对付我。"老妈喋喋不休地谩骂。"你总要我得第一，就是为了往自己脸上贴金，可是你想过没有，我有多辛苦。我不想再得第一了！"我发泄般地吼。

别人眼中的"模范家庭"此时正上演着"世界大战"，这是我第一次气急败坏地和老妈吵。那些压抑在心里很久的话，我全都不管不顾地说了出来。老妈用固执和强权捍卫她所谓的尊严，她说我翅膀硬了，不能管了，还说我如果不想再呆在这个家，就早点滚。

老妈被我气得口不择言。

我听后，发疯一样跑出了家门，随便跳上一路公交车就离开了。

四

没有目的地，我也不知道能去找谁。亲戚家肯定不能去，被他们知道这事，还不笑掉大牙。同学家更不知道去找谁，除了林子童，我和别的同学关系一般。

坐在公园的草地上，我没来由地感觉自己特别失败和悲哀，长这么大了，我竟然没有一个好朋友。望着落日的余晖一点点隐退，夜幕降临了。

公园里华灯初上，一盏盏昏黄的路灯仿佛是盛开在迷蒙夜色中的花朵，熠熠生辉。不知从哪飘来饭菜香时，我才感觉饥肠辘辘。除了随身携带的乘车卡外，我找不到一毛钱。和老妈吵得口干舌燥，又在街上逛了半

天，我不仅饿，还特别渴。

我有点后悔自己的冲动，往日的这个时间里，我正坐在饭桌前吃老妈煮的香喷喷的饭菜。老妈会的东西确实不多，但厨艺一级棒，可我才离家出走，又怎么能回去呢？这样主动认输，以后的日子肯定没法过了。

硬着头皮，我继续在公园逛。公园里人多，三三两两，谈笑风生。他们看见落寞的我，都投来了好奇的目光。

我不知在公园逛了多久，夜色越来越深，公园里人渐少，心莫名地有点恐慌起来。我怕被坏人抓走，也恼怒父母不来找我，难道他们真的不管我了？一点都不担心我的安危吗？想着，泪珠子就滑出了眼眶。

肚子不争气地"咕咕"叫，我实在受不了了，于是匆匆跳上最后一班回家的夜公车。

五

回到家，我又愤怒了。

我离家出走，惊恐万分，饿得要死，老爸居然没事似的坐在沙发上喝茶。他就一点都不担心我吗？我愤然地瞪着他，环视一圈，发现老妈的房门已关，估计睡了。

"爸，如果我离家出走了，你是不是都不打算出去找我？"我伤心地责问，他对我的关心就那么浅吗？

老爸看了我一眼，说："城市那么大，你让我去哪儿找你？就算报警也得超过24小时。再说了，你身上又没带手机和钱能上哪？所以我在家等你。饭菜你妈还帮你热在锅里，洗洗去吃吧，你今天可把她气得够呛了。以后再不许这样，知道吗？"

我站着不动，嘴里恨恨地冒出一句："你是不是也觉得考考第一名很容易？你明白我有多辛苦吗？"说着，我委屈地抽噎起来。"好啦，你以后随便考，没人再逼你考第一。"老爸退了一步。

"班上的同学对我敬而远之,我连一个好朋友都没有,离家出走,也找不到落脚处,我太失败了。"我说。"那就交几个好朋友呀,允许的。"老爸抿了口茶。

"我还要画我喜欢的漫画。"我得寸进尺,没想到老爸也答应了。

这场夭折了的"离家出走",我狼狈而回,却以胜利收场。

那以后,父母不再干涉我的学习,我自己有分寸,成绩始终保持第一。我知道,既然父母让步了,我也不能让他们失望。毕竟,我一直是他们最大的骄傲。

(原载《学苑创造》(C 版)2015 年第 2 期)

> 青春里的出逃大都是盲目且不计后果的,可是到最后肯定会后悔,因为还没准备好跟这个世界拥抱或者诀别。最后你就明白了,做正确的事,是生命中一步很重要的棋。

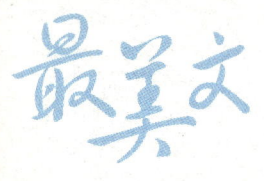

暗室微光

文 / 李良旭

希望是黑暗中的火光，使人精神振作；希望是沙漠中的绿洲，使人心旷神怡。

——陈懿

大概十五、六岁的时候，母亲领着我，给我介绍了个照相师傅，让我跟他学摄影，好让我学个技术，将来能有口饭吃。

照相师傅是村子里的一个能人，他会照相，在县城开了一家照相馆。在村民的眼里，他很了不起，许多人想跟他学照相，他都不收。他能收下我当学徒，我一下子成了村子里许多年轻后生十分羡慕的人。

师傅拿出一架120海鸥照相机，说道，学摄影，首先要学会摄影的基本技能，例如光圈、焦距、速度、采光等等。最后，还要学会在暗室里冲洗胶卷。在暗室里冲洗胶卷技术要求很高，例如，影粉的配比、胶片浸泡的时间等等，都要恰到好处，稍有闪失，就会使照片的质量出现问题。

一段时间后，师傅看我学得还挺精明，就决定开始教我学冲洗胶卷，这也是我十分迫切和激动的事。冲洗胶卷的那间暗室，在我心里充满了神秘感。师傅从不让我进那间暗室，他一个人在那暗室里不知怎么捣鼓的，竟然将照片洗了出来。

师傅领我进了漆黑一团的暗室里，暗室四周密不透风，一点亮光也没有，只听到师傅在黑暗处发出的声音。我感到压抑得透不过来气，不一会儿就满头大汗了。

师傅在伸手不见五指的暗室里熟练地边冲洗着胶卷，边向我耐心地讲解着。我问师傅，为什么冲洗胶卷不能有亮光？

师傅说，在冲洗胶卷的时候，如果有一点亮光，哪怕只有萤火虫那么大一点亮光，这底片也会立刻会曝光，就再也洗不出照片了，想弥补过失也不可能了。一次成影，一次曝光，就是这个道理。

我伸了伸舌头，对在暗室里冲洗胶卷，更加充满了一种神圣感。在暗室里忙了一会儿，我想出去透下气，就悄悄地将门拉开一条缝，正要闪身出去，忽然听到师傅一声断喝，谁叫你把门打开的，你看，这些胶卷全曝光了。

我惊讶万分，就这点光亮胶卷也能曝光？

师傅严厉地说道，在暗室里冲洗胶卷，一灯可破。千万不能轻视这一灯的光亮，在暗室里，这点光亮对底片来说就是一道闪电，能将胶卷上的影像全部曝光得一无所有。

因我的鲁莽和轻率，那次冲洗胶卷的底片全部曝光。这次暗室里的曝光事故，在我心里留下了很深的阴影。那门缝里透进来的一灯可破的亮光，在我脑海里时时浮现，挥之不去……

后来，我离开照相馆，另谋生路去了。师傅送我出门时，语重心长地告诫道，孩子，你今后的路还很长，要永远记住暗室里那一灯可破的亮光。人生中有时看似一片黑暗，但有时只是一句提醒、一个问候、一声招呼，就像一灯可破的亮光，照亮你的人生。

师傅的一席话，让我大吃一惊。我一直为那次在暗室里底片曝光的事故而内疚，没想到师傅却能从那丝亮光中，说出了另一番新意，一下子让我感动莫名。原来，黑暗里突然透进来的一丝亮光，并不只有失意，还有信心和力量。

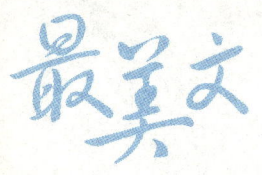

　　我记住了师傅的话。那一灯可破的亮光，在我心里闪烁着无比璀璨的光芒，一直照耀着我前进的路，从没熄灭。

（原载《意林》（少年版）2015年第5期）

　　我们总要经历些什么才能成长，遇见一些人，才可以看见生活的意义。生活就是这样，只要有希望，就是美好的。

撬动你的小宇宙

文 / 学学

不经一番彻骨寒,怎得梅花扑鼻香。

——宋帆

侄子自幼残疾,家境贫寒,只上过2年小学就辍学了。因身有残疾,农活他也干不了,每天只能坐在院子的小凳子上,两眼静静地看着一方天空,一动不动,好像一尊雕塑。

村子里的人,看到形单影只的侄子,不住地摇头叹息说,他长大了,等他父母老了,他可怎么养活自己呀?

院子里的桃子、杏子熟了,侄子拿着把小刀,整天低着头,在桃子、杏子的核上刻着。村子里的人笑道,那娃傻了吧唧的,在那核上能刻成什么玩意?

核刻得越来越多,家里的那点核已不够用了,侄子柱子个拐,艰难地一家一户打着招呼:"家里吃剩的核别扔掉,留着给我好吗?"

人家嬉笑道:"要那玩意干吗?"

侄子腼腆地说道,我没事,刻核打发时间呢!

人家听了,说道:"好吧!"说罢,又重重地叹了一口气说道,"这娃真可怜,只会刻核!"

看到有小孩吃桃,侄子眼巴巴地盯着人家看。小孩将桃递了过来,说

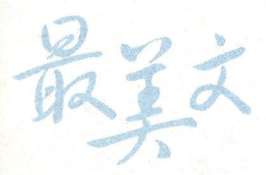

道:"给你吃吧。"

侄子说:"我不吃桃,等你吃完了桃,把核给我好吗?"

小孩笑道,这么大的人了,还玩核,真好玩。

小孩将桃肉吃完了,将核递给了他,侄子不停地擦拭着那核,像擦拭宝贝一般。

一年又一年,侄子身边的核,刻了一篮又一篮,刻刀坏了一把又一把,村子里的人对侄子只知道刻核的行为不住地叹气、摇头。

一天,一个老人旅游经过村子,看到村子里一个小孩正拿着一个桃核在玩,老人像发现了什么宝贝似的,将小孩手里拿着的核要了过来。

老人仔细地看着,眼睛里闪烁着惊讶的光芒。他问道:"小朋友,这核是谁刻的?"

小孩说道,是我们村子里的一个残疾人,他家里刻了好多核,他经常将他刻好的核给我们玩,我们就给他吃剩下的桃核。

老人吃惊地问道:"小朋友,你带我看看这位残疾人好吗?"

小孩将老人带到侄子家门口,对老人说就是这家。

老人推开院门,看到一个中年人正埋头孜孜不倦地刻着手里的一个核,身旁篮子里装满了一篮子刻好的核。老人弯腰拿起篮子里的一个核,脸上露出抑制不住的惊喜神色,问道:"您刻核刻了多少年了?"

侄子淡淡地回答道,38年。

老人一下子紧紧地握住侄子的手,他抚摸着那布满伤痕和老茧的手,激动地说道:"您是我认识的真正的艺术家,请允许我向您表达最崇高的敬意。您刻的这些核我全买了,我还要聘请你为我们美术学院的客座教授!"

侄子一时弄得手足无措,慌乱地问道:"请问你是?"

老人这才发现自己失态,赶紧自我介绍道:"我是美术学院院长,也是一名老艺术家,您刻的这些核是我见过的最完美的艺术品。"

这时,村子里的人才知道,他给村子里小孩玩的核,是最珍贵的艺术品，他们村子里出了个真正的艺术家！

侄子刻的那些核，走进艺术馆、走进礼品店、走进大学讲堂、走出了国门……许多人将自己的孩子送过来，请侄子教他们的孩子刻核。

侄子在给美术学院大学生作报告时，深情地说道："没有什么杠杆可以让我们撬动地球，但我们可以撬动自己的小宇宙。一把小小的刻刀，就是我的杆杠，我撬动着自己的小宇宙。我们每个人都有一把这样不同的刻刀，只要认准了一个方向，不停地刻下去，总有一天会撬动起自己的小宇宙。只要小宇宙动起来，就会变成最炫目的酷。"

(原载《意林》（原创版）2014 年第 6 期)

> 这世界没有哪条路是一定绝对的，但选择一条路坚持下去就是对的。只要你愿意走，你就一定可以走出自己的天地，可是前提是，你一定要愿意走。

第六辑

出发，是最好的开始

我们总是囿于自己的假设，让疑虑拴住前行的脚步。殊不知，向前跨出的每一步，都可以击碎它们。出发，才是最好的开始。

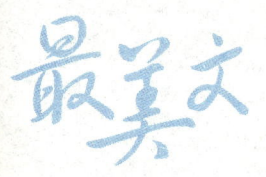

不想被世界遗忘

文 / 邢占双

有了人生的价值，就不觉得黄金昂贵。

——倪志兵

那年，我考入师范，从百里之遥的乡村走向县城，我感到眼前的一切是如此的陌生。清晨，代替乡村鸡鸣鹅叫的是吵闹的起床铃声和嘹亮的广播喇叭声。打饭要排队，夹塞儿就要扣分，洗脸常常要挤着洗，白花花的馒头漂在水池里，扔在餐桌上，完全看不到初中时的那种俭朴劲儿。

这里没有初三时那种勤奋苦读、惜时如金的情景，很多人信奉"五十九分白费，六十分万岁，六十一分浪费"的人生信条。这里的师范生和一墙之隔的高中生形成鲜明的对比，那里的世界静悄悄，从那所校园里走出的学生大多衣着俭朴，沉默无语，急匆匆地来，急匆匆地去；而这里的师范生则衣着时尚，欢声笑语，吉他、二胡、笛子声声不断，篮球场上常常爆满。但我更羡慕高中生，宁静的他们将比我们走得更远。

命运把我安排在这里，我有些不甘，很不适应这里多如牛毛的校规，做操不认真扣分，跑楼梯扣分，就寝说话扣分。最让人懊丧的是床铺，我的学号经常上黑板，总是不合格，我成了班级的扣分王。想不到，我这个在小学和初中一直是老师眼里的优秀学生，在这里却事事做得不如意。

日子挨着日子，每一天都像砖机里制出的砖，吃饭、上课、睡觉，寝室、食堂、教室，三点一线的生活。日复一日，我很快便厌倦了。

学校搞着各种各样的活动，联欢会、演讲、合唱、书画展，我一概不参加。倒是热衷于出去打台球、玩电子游戏、吸烟、穿迷彩服、吹头型、喷香水。我将打架视为英雄，因为鸡毛蒜皮的小事和同寝九弟打架，和邻寝老车交手。我的口头禅是即使不能流芳千古，也要遗臭万年。可是，我却无形中感到自己失去了一种什么东西。

实践周的时候，我在男寝前看小说，与同寝五哥因为争夺一本琼瑶的小说而撕扯在一起，谁也不服谁。幸亏女寝门前的女生跑来拉开，才避免了一场恶仗。

那天食堂打饭，我排在我暗恋的女生身后，那女生回头说："弟弟，你挺有出息呀！不言不语地学会打仗啦！你这样，给人留下的印象好吗？"

那一刻，我低下了高傲的头，像个亲弟弟一样虚心听取姐姐的开导。

姐姐说："弟弟，你应该注意形象，你太沉默了，你应该多参加活动，表现表现自己。"

姐姐的话犹如一面镜子，照亮我内心的黑暗。我震惊了，难道我给大家留下的竟是这种印象？沉默，难道是我的性格是我的本色吗？我要改变自己，不然世界就会把我遗忘。

那天晚上，在姐姐的帮助下，我和五哥握手言和，对瓶喝了啤酒，吃了蒸饺，双双留下悔恨而欢欣的泪。

那以后的日子里，我微笑面对身边每一个人，不时用幽默的话语逗大家开心，积极参加各种活动。演讲出彩，辩论搞笑，运动会上参加撑杆跳和800米跑，苦练篮球，泡阅览室。我爱上了文学，生活突然变得丰富多彩。我用文字来表达对生活的热爱，对梦想的追求，我的作品被登上校报，被

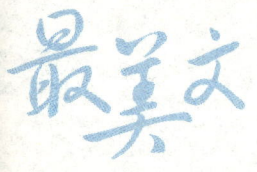

广播站广播，我成为这个大家庭中很受欢迎的一员。

  时过境迁，我仍然感谢姐姐当年对我的忠告，食堂里那振聋发聩的话语，犹如一面镜子照亮了我的人生。人活着，总要用点什么表现表现自己，不然，世界就会把他遗忘，而我选择的是文学。

（原载《椰城》2015 年第 6 期）

  我想，人活着的意义是，为了让别人认可，也让世界看到。我们总得给这个世界留下些什么，然后在我们诀别的时候可以骄傲地对自己说，这个世界我真的来过了。

出发，是最好的开始

文 / 范泽木

  合抱之木，生于毫末；九层之台，起于累土；千里之行，始于足下。

——老子

  我读初中时，体育不错，尤其是跑步。初二的秋季，我参加了1500米长跑比赛。那是我第一次参加强度这么大的长跑，自从老师宣布了我的参赛项目后，我心里就一直波涛汹涌。

  离比赛的日子越来越近，我也渐渐变得茶饭不思，脑海里总是播放着有关跑步的画面。有时担心自己会在开跑时被人推倒，有时又想自己会不会听不见裁判的哨声，各种关于跑步的臆想层出不穷。我变得异常憔悴，并且随着比赛的日益临近呈现出一种近乎神经质的状态。老师的鼓励、同学的安慰，似乎都不管用，那真是一段难熬的日子。

  开运动会的日子终于到了，快轮到我比赛时，那种紧张的压迫感几乎让我感到窒息。站在起跑线上，我简直怀疑心脏要蹦出来。随着"预备、跑"的声音，我的双脚开始飞快地交替，我仿佛被一股无形的力量推着走。彼时，内心是如此专注，再无紧张和忧虑，眼中除了前方，别无它物。

  几分钟后，我到达终点，跨过终点线，内心一片澄澈。那一刻，我深刻体会到什么是如释重负。我意识到，只要开始眼里就只有前方，就不会有疑虑。

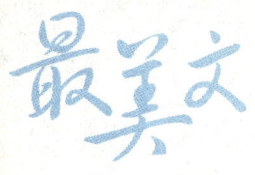

有一次,我表哥骑摩托车带我到乡间闲逛。午后,天空突然乌云密布,随即没有任何过渡地下起倾盆大雨。表哥和我躲进一间凉亭,我们期待躲一会儿雨就能停,但雨一直下着,如泼如倒。

我和表哥面面相觑,都在纠结要不要走的问题。如果过会儿雨停了,现在走岂不是很亏。如果雨一直下,我们该躲到何时?这个问题把我们一直困在凉亭里。

最后,表哥大义凛然,决定走。我们坐上车,披上雨衣,准备启程。当表哥发动车子后,我心里再无纠结,一心只想早点到家。那一瞬间,我突然发现之前的纠结是那么多余,我们早该出发了。

我的一位朋友,一心想创业,但囿于眼前的安逸生活迟迟没有动手。每当酒后,他就会与我大谈理想,说要开一个店,定期给自己放假,去饱览祖国的大好河山。但他的理想,基本都随着酒气烟消云散。

这回,他动真格了,说是准备开一个连锁店。他开始看加盟事宜、选场地、招聘员工,一个多月后,新店顺利开张。他说,之前总在考虑开什么店好,亏了怎么办,这些想法无一不困住他的脚步。现在心一横,反倒毫无顾虑了。

他的话让我想到初二的秋季运动会,想到乡下躲雨的事,不禁心生感慨。我们总是囿于自己的假设,让疑虑拴住前行的脚步。殊不知,向前跨出的每一步,都可以击碎它们。出发,才是最好的开始。

(原载《读者》(校园版)2015年第3期)

我们一直在路上,不断停留不断启程。只是为了获得机会,为了继续更好的活着。出发吧,你的未来始终在路上。

十八岁时的一次骑行

文 / 范泽木

  世界这么大，风景那么多，但旅行的意义并不在于拍了多少照片，走了多远的路。而在于旅途中，是否找到了与往昔不一样的自己。

——独木舟

  十八岁的一个下午，朋友从他的叔叔那里得到了一辆破旧的摩托车。那摩托车停在操场边，看上去既狂野又霸气，光远远地看着，便已感受到了速度的力量。我不禁浮想联翩，渴望感受速度带来的激情。

  朋友似乎看透了我的心思，对我说："怎么样，这车虽然破了点，但看上去还是相当霸气吧？"我不住地点头。他把钥匙交给我，叫我把钥匙插上。他已经多次驾驭过这辆车，所以理所当然地当起了我的教练。

  他替我发动了引擎，教我怎么起步，怎样挂档、退档，转弯时身体应该怎么倾斜……不一会儿，摩托车便在我的掌控下低速行驶起来。

  过了半个小时，我欣喜地对他说："我已经掌握基本的操作了。"他指着远处的一片草坪说："你去那里练练车技吧。"

  那果然是练车的好地方，一望无垠的草坪柔软无比，即使摔倒了也不会受伤。挂档、退档，左转、右转，我沉醉在操控摩托车的乐趣中不可自拔。操作熟练了之后，我便骑着摩托车在草坪上驰骋起来。几个小时过

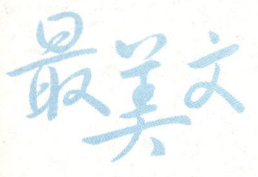

去，我拍着胸脯对朋友说："经过一下午的练习，我的车技已经大有提升，明天我载你回家吧。"朋友高兴地答应了。

第二天，我骑摩托车送朋友回家，跨上车没多久，我就找到了在草坪上练车时的感觉，于是把车骑得飞快。我任凭迎面吹来的风打乱我的头发，一边唱着歌，一边提高车速，感觉青春所有的激情都被我挥洒了出来。

我越发觉得自己的车技步入佳境，索性将双脚放到了保险杠上，还对过往的行人吹起了口哨。朋友在后座提醒我，放慢车速，别骑得太快。我嘴上答应着，但丝毫没有放慢车速的意思。

过了一会儿，朋友提醒我，快到岔路口了，准备转弯。我说好，心里随即冒出一个让我激动不已的想法——我要漂移通过转弯，让朋友目瞪口呆。

转弯！朋友喊道。

好，看我的！

不好，速度过快。我非但没有表演出漂移动作，反而从车上摔了下来，摩托车被甩出数米开外。我与朋友双双躺在地上，一时间动弹不得。

过了一会儿，疼痛从各个部位传来，我的膝盖、胳膊都流血了，裤子被磨出了许多个窟窿。我努力想站起来，可怎么也提不起力气，过了十几分钟，我与朋友终于有站起来的力气了，摇摇欲坠地去溪边清洗伤口。

等疼痛消失一些，我才与朋友费力地扶起摩托车。我可怜巴巴地看着朋友说："你来骑吧。"朋友果断地摇了摇头："还是你来。"我慢吞吞地坐上车，发动引擎，沮丧得再也没有此前的张扬与跋扈。

过了不久，我们进入盘山公路，山高、路窄且多弯。我小心谨慎地控制着方向及速度，不敢有半点马虎。花了很长时间，摩托车终于摆脱了盘山公路到达了安全地带。我停下车，长长地吁了口气，心想如果不是刚才摔了一跤，还不知道会在山路上出现怎样的险情呢。

如今我已近而立，可依然难以忘却那次骑行。我渐然明白，人生中的许多伤痛、挫折其实是成长途中的必修课。它让我们变得自省、谨慎，从而避免遭遇更大的风险。而我们所经历的伤痛与挫折，又何尝不是一次深刻的心灵启迪？

（原载《语文世界》（小学版）2014 年第 1 期）

孤独与成长总是相辅相成，是我们的必修课。每个人都有那么一段黑暗的日子，熬过去，就好了。

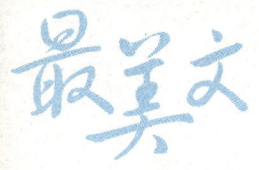

生命里那些未曾掉下的泪

文 / 张君燕

  卓越的人一大优点是：在不利与艰难的遭遇里百折不挠。

——贝多芬

一

  他手握着弹弓呆呆地看着碎了一地的玻璃渣，眼前豪华的汽车车窗上还残留着几块尖利的玻璃，像一根根针直刺进他的心底。他开始害怕起来，刚才真不该逞强，非要跟伙伴们比赛射击。恍惚间，车主气势汹汹地走了下来，边打量着他寒酸的衣着，边扯着嗓门嚷嚷："臭小子，你知道我的车多贵吗？"

  他低下头，躲开车主凌厉的目光，不知所措地搓着双手，他仿佛看到了母亲那因长期劳作而累弯的腰，风吹日晒下沧桑的脸以及因穷苦而黯淡的眼神。一旁的车主还在骂骂咧咧地嚷嚷着，鄙夷和轻视的目光让他窘迫而无助，他感觉自己的泪水都快要忍不住滚滚而落了。

  正在这时，一双温暖的手紧紧地握住了他，原来是母亲！"对不起，孩子淘气、不懂事，给您添麻烦了。"母亲诚恳地跟车主道歉。车主撇着嘴继续嚷嚷："对不起顶什么用呀？你知道我这车玻璃值多少钱吗……""不管多少钱，我们赔！"

母亲打断了车主的叫嚣，不卑不亢地说着，语气中满是坚定。站在旁边的他突然从母亲身上感受到了一股强大的力量，他不自觉地挺直了腰，积蓄在眼中的泪水此刻早已化成了在内心澎湃着的无形的动力。他知道，那是责任，是担当。

二

这是他第一次登上这么大的舞台，他尽量控制自己的心跳和呼吸，一次次地告诉自己"不紧张，不紧张"。音乐响起，他立刻进入了状态，开始表演起来。突然，音乐声戛然而止，他整个身体僵硬地定格在了一处。

该死的音响，怎么偏偏在这个时候出故障呢？台下响起的窸窸窣窣的声音，让本就紧张的他更加慌乱起来，缺乏舞台经验的他此刻大脑一片空白。时间仿佛静止了一般，每一秒都是那么难熬，一急之下，泪水情不自禁地漫上了眼眶。

就在眼泪即将掉落的瞬间，他突然意识到，自己正站在众人瞩目的舞台上！泪水可以帮助自己摆脱这样的窘境吗？不，它只会让自己显得更滑稽，更可怜！

在众人惊诧的目光中，他深吸了一下鼻子，缓缓地摆动起了身体，是的，在灯光下，他开始继续表演。没有音乐、没有伴奏，但他的每一招每一式都无比投入无比认真。他跳跃着、旋转着，仿佛是舞台上的精灵，灵动而闪耀。

台下的观众情不自禁地站了起来，为他鼓掌、为他喝彩。表演结束时，他微笑着鞠躬退场，他知道，就在那一瞬间，自己成功地实现了蜕变。

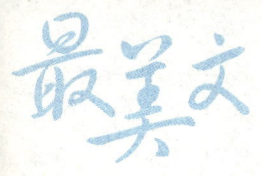

三

自从那次她义正言辞地拒绝了"应得"的回扣后,突然发现同事们对她的态度变了。她也说不上来到底有什么不同,但总觉得大家的眼神怪怪的,话语里也或多或少有着揶揄、躲闪的成分。不过,她并没有太过在意,她觉得自己问心无愧。难道非要跟大家一样"同流合污",换来表面上的"和谐、融洽"才是正确的吗?

那次,总公司的领导来视察,招待晚宴过后,领导提出全体员工合一张影。同事们高高兴兴地站起身来,你推我让地挤作了一团,当她走过去时,大家竟然下意识地往边上躲了躲,和她隔开了整整一米的距离。

她尴尬地站着,略显突兀的身影是那么孤单和冷清。看着同事们亲昵地手牵手、肩并肩,看着领导眼中的吃惊和疑惑,她突然觉得很委屈,巨大的无助向她袭来,她的眼泪几乎要夺眶而出了。

当她的右手无意中触到左手之时,她突然感到了一种莫名的力量。没有人给自己依靠,自己也可以给自己力量;没有人握自己的手,那么,自己的左手也可以温暖右手。就这样,在公司员工的合影上,她独自一人站着,左手紧紧地握着自己的右手。她的脸上带着一丝坚定的笑容,因为她知道,人总是要坚持一些东西的。

四

从一个深山沟里的放牛娃走到众人艳羡的"成功人士"的位置,他吃了多少苦,受了多少罪,经历了多少不为人知的艰难的故事,恐怕只有他自己心里清楚。

有一次接受记者采访时,记者好奇地问:"是什么激励您走到了现在呢?""眼泪"他微笑着回答。"眼泪?"记者不可置信地反问道:"您的意思是说哭可以解决问题吗？""不，恰恰相反。"他平静地说"是那些未曾掉下的泪。"

是的，我们都曾有过艰难、无助、彷徨、尴尬的时刻，在那样的时候，我们会忍不住想要哭泣。但是，有些场合并不允许我们流泪，或者说流泪不仅解决不了问题，反而会让我们更无助、更尴尬。

我们能做的，只是坚强地抬起头，收回那些即将掉下的眼泪，挺过去，我们就成长了。而那些曾徘徊在眼中又流回心底的泪水，浸润着生命中的希望和坚守，不仅能洗亮自己的眼睛，更能洗亮眼中的世界。从而能让我们在这纷繁的世事中，让心灵不染尘埃，让梦想生生不息。

（原载《情感读本》（生命篇）2014年第6期）

要经历多少苦难，趟过几次泥沼，我们才能放声肆意地哭和肆意地笑。希望每个人都是这样，在最后的最后，你的所得可以配得上你受过的苦。

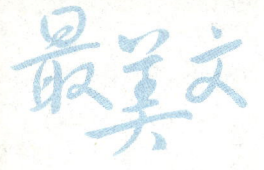

玫瑰从不孤单

文/午言

> 在形形色色的红尘生活，心飞向过去和未来。我要随着心而去，或者是追寻，或者是流浪，不懂得拒绝。
>
> ——张嘉佳

10月底，北方的天气开始凉起来。北方刮来冷风，穿透毛线衣服钻进皮肤，让早晚等车的人不禁哆嗦一下，打个寒颤。

我从南方回来已有两月余，北方的干冷气候让我难以适应，再加上还赋闲在家，心里总是会有莫名的失落与难过，脾气总是不请自来，与本该成熟的年龄极不相符。曾经最被朋友赏识的耐心，不知何时也被自己丢弃，总是为一丁点的小事出言伤害老公。矛盾激化到最高点，终于在一天傍晚，我哭着摔门而出。

一个人漫无目的地走在街头，看着来来往往的陌生人群，有的三三两两嬉笑着，有的脚步匆匆眉头紧蹙，还有的站在天桥上对着这座城市的地标留影拍照。公交车、私家车、电动车主人不耐烦地走走停停，不是遇到了红灯，就是被一群过马路的人流阻挡。堵了，车又被堵了。

公交车上载的客人无聊而疲惫地挤在一起，摩肩接踵，早就听说，辛苦的上班族在这座城要学会的第一件事便是挤公交。听说整座城都在改造，这次是向下挖，因为地铁才是一个城市交通便捷的象征。街道上到处可见由一人高的蓝色铁板拦起的隔栏，本已不宽的道路，这下又被分成了三块。一块供车来，一块供车往，一块搞建筑。

该往哪里走，又要到哪里去，我一点儿不知，好乱好乱，对着人流，我忍不住又抹起眼泪。

"吱——"一阵急刹车，司机对我吼着，我这才发现自己竟然站在了车行道上。待反应过来，急急地后退。身后便是一家临街快餐店，见门头已经装修好了，我便径步走了进去，才知道还没营业。

正待退出，有人说话："进来坐会吧，休息下再前行，我是这里的店长。"原来，刚才那一幕惊险，他全看到了。

无处可去，索性坐下。店长是一个高大黝黑的男人，三十一二岁，声音沙哑，说话间不停地会咳嗽下嗓子，看来不是感冒便是长时间劳累导致的。他从南方归来几年，现正与朋友一起合开餐饮公司，欲打造本土知名餐饮品牌，进而打入全国乃至世界。店面刚装修好，过段时间就开业。

听说我从南方刚回来，他很关切地问我："环境适应吗？"一听这话，我差点哭出来。回来这么久，这还是第一个人这样问我，从开始到现在，一直没人理解自己内心的挣扎和纠结。我摇了摇头，把内心的困惑一股脑地说了出来。

"我刚回来的时候也不适应，你看，我现在发展不也挺好的。你现在要弄清楚你为何来……既然你的生活轨迹已经变化了，再先适应环境，找个自己喜欢的工作，记着工作轨迹暂时不要变，否则内心承受的变动太大。"

道了谢，离开，内心温暖了许多，至少不似从前那般孤单。

想起四年前，初到南方，也曾有过这般光景，工作还没安稳，内心很是挣扎。在一个深秋雨后，我漫无目的地走在陌生的街道上，手脚冰凉。偶遇街角一家冒菜馆，是一对四川籍中年夫妇开的。因为冷，我索性进去暖和下。

"妹妹，吃冒菜哇！"老板亲切地招呼。我点点头。南瓜、黄瓜、金针菇、香菇、土豆、莲藕、青笋、竹笋……"不要木耳，不要血块，要细粉

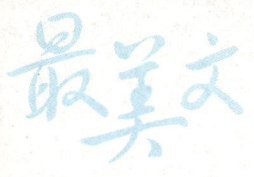

儿……清汤的！好嘞，妹妹里面坐嘛！"老板熟练地帮我选菜，边说边招呼我坐。

这家店是夫妻店，老板夫妇都很普通，从乡下来城市谋生，皮肤黑黑的，身材都很瘦小。他们在居民区里盘下了这个店面，做起了冒菜生意。店面很小，只放得下五张四人座的桌子，却被摆放得整齐有序。让我眼前一亮的是，每张桌子上都靠墙放了一个用废弃饮料瓶做成的花瓶，装上了水，插着三两株水培植物，其中的两三个瓶子里还被放进去一支玫瑰。

整个布置，虽说不上精致，但总能让人感觉到用心。老板娘说这是她做的，周边住的大都是外来打工的人，这样子能让大家感觉到家常些，心里边不那么孤单。

我顺手摸着瓶子里的玫瑰，手不小心被扎了一下。我迅速撤回被扎的手，放在嘴前吹着，眼泪却在眼睛里打着转。人在脆弱的时候，任何细微事都会被连带着放得很大。老板娘看到了，对我寒暄了下，然后跟我说："虽然玫瑰有刺，但是玫瑰从来都不孤单，因为还有很多人在欣赏它。"

玫瑰从不孤单，四年前我就懂得的道理，为何四年后就被自己忘记了？我问自己：四年前，当你独自面对一切陌生和未知时，不是已经很好地适应并生存下来了吗？四年后，又多了一个人和你一起面对未知的一切，你还怕什么呢？

是啊，连带刺的玫瑰都从来不曾孤单，我还怕什么呢？

（原载《散文百家》2014 年第 2 期）

孤独是必修课，只有耐得住寂寞的人，才能争得一世的繁华。孤独是自己与自己的对话，也是与另一个自己的对话。

老汉一直在手机那头陪我成长

文 / 雪炘

时间，会沉淀最真的情感；风雨，会考验最暖的陪伴。简单的喜欢，最长远；平凡中的陪伴，最温暖。

——佚名

一

2008年，爷爷87岁，硬是给自己买了部手机。

他是个好奇心很重的老头儿，什么新科技都想去接触。父亲说，家里有固定电话，你用就可以了，还买什么手机啊？

但他越老就越固执，坚持要有自己的电话。家里没人同意，他就拽着没头没脑的姑父，去县城买了一款最流行的翻盖手机。

他看着手机，像面对新生儿一样，满心欢喜。当时还没有老人机，屏幕也是单一色，看起来很费劲。

我说："怎么想起买这个，这么小的字怎么看啊？"

他说："我有老花镜，还有放大镜，不怕它看不清楚。"他咂咂嘴巴又说，"现在人人都有手机，我得感觉你们在身边呀。"

当时我读高中，没有手机，也没问他的号码。只是每次回家，都看到他坐在进门的院子里，拿着放大镜，努力看着手机上的字。经常有同学来

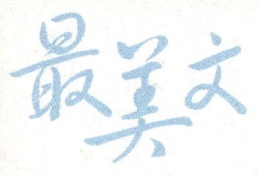

找我,看到他在玩手机,就惊奇地上前跟他打招呼。他警惕地将手机藏在怀里,不让人家碰,如同护着一枚珍宝。

第二年夏天,我在恋爱5个月后,匆匆分手。我躲在爷爷怀里哭,他心疼着叹息,如同有人摔坏了他的手机。

此后,但凡有男生来找我,他就把人家堵在门口,一通教育:"我跟你说啊,我一直是把她当宝的,你不要欺负她。不管发生什么,你都不能欺负她,不然我就要写信上报领导了。"

男生个个慌张地说:"没人欺负,没人欺负她呀!"

他摸摸胡子,慢慢地说道:"那你先回去好好反思吧!"

然后,关上大门。

同学们都说,你爷爷好厉害,像纪检委书记。

二

2010年,爷爷89岁,越来越喜欢一个人瞎唠叨。

暑假时我决定跟父亲一起去爬华山,出发前,爷爷总是不安地跟奶奶抱怨,不知道让娃跑山上去干嘛,华山属五岳中最险,万一出个事情可怎么得了?

奶奶说,不是有她爸陪着吗?

他点着烟,默默地说:"她爸,唉……"

他不看好父亲,就像父亲从不看好我一样。

我从小身体就不好,父亲一直强调,不把身体锻炼好,读再多的书都没用。他见不得我看书,如果不是母亲,他早让我退学回家了。

那时候喜欢去学校,并不是因为多爱上课,而是能逃避父亲的责罚。我承认自己脾气倔,只要我是不赞同的东西,永远不会为了不挨打而顺从。而他又是很专制的家长,不容许你有自己的想法,否则会一遍又一遍地叫你滚出去。

我和他的矛盾，从我出生时就开始了，他跟爷爷也变成冤家。在他责骂我的时候，爷爷总是第一个站出来，这使他更愤恨我的存在。

随着我慢慢长大，爷爷逐渐老去，很多话也只能跟奶奶说。他知道自己管不了父亲，也很难保护得了我，所以只好选择沉默。

其实，华山虽然很险峭，但也没有传说中那么可怕。你只管往上爬，不要回头，就没什么危险的。

在日出之前，我们赶到了山顶，看太阳从云雾中缓缓升起。我回来跟爷爷说，如果你没在山顶上看过日出，你一定不会明白，每一天的到来是多么的神圣和伟大。

他只是看着我说，回来就好，回来就好。

三

爷爷的听力越来越差，手机响起，很多时候根本听不见。他手机有留言信箱，我说要不给你录个自动语音回复，你就不用听电话了。

他直接说了一句，那我就说，老汉耳朵不好，你有事留言，没事就挂断。

每个给他打电话的人，听到这句话，都会大笑。

去上大学的时候，他给了我几百块钱，说到了先买部手机。到学校后，手机是买了，却始终没想起给他打电话。因为每次跟母亲通电话，都能和他说几句，最后连他有手机的事都忘了。

因为我喜欢胡乱写诗，同学便介绍笔友给我认识，说他是一个很会写诗的男孩。看了很多他写的诗，有些的确很不错，便跟他有了更多联系和讨论。我们一直在网上联系，从来没有见过面。我喜欢叫他诗男，他也笑着接受，那一年，我们20岁。

一天晚上，我收到一个陌生号码的短信，你知道我是谁吗？

我自然以为是诗男逗我玩，结果第二天晚上又收到：我是诗婆。我把

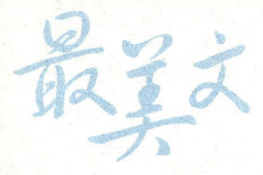

电话拨过去,他挂断,我又发短信说,你变性了?

次日晚上又收到,变性是啥?

我拨电话,他还是挂断。于是我说,不是吧,你那么 out?

又是晚上,他说,做事情不要着急,你都把拼音都发过来了,而且还把顺序打错了。

我笑得滚到了床下。

立马上 QQ,跟诗男说,你太逗了吧?

诗男一头雾水,我们俩越说越错位,他越抓耳挠腮,我就越笑得停不下来。

周末,给母亲打电话,问爷爷还好吧。母亲说,一切都好,就是迷上发信息了,一天一天地发,不知道给谁发。

我查了那个陌生号码的归属地,果然是我家的,我再次打过去,便听到了那句的话。我留言说,爷爷,我知道了,哈哈。

他回电话,问我怎么知道的,满腔失落。

四

此后,我再也没收到他的短信。

初冬的时候,母亲告诉我,他病了。我问什么病,母亲说医生建议去大医院检查,可是父亲不在,大伯没时间。

大伯是爷爷最大的孩子,不知道为什么,他们家一直跟爷爷奶奶处于绝交状态。直到我 14 岁那年,才看到他来我家几回,找爷爷去田里给他看桃子。他们之间的问题,我不清楚,我只看到过他将爷爷推倒的场景。

我请假回家,爷爷躺在医院输液,我问医生到底是什么情况。医生说,没事,只是有些低血压。

父亲也匆匆回来,带爷爷去检查。检查结果没人告诉我,只是说没事。看爷爷状态一天天好起来,我真的相信了他们说的。

元旦过后，父亲还要工作，我也得去上学，家里就剩母亲一个人。大伯一家硬是把爷爷奶奶接了过去，说母亲一个人照顾不过来，他们家人多。

他们家的人真是多，加上儿孙一共5个人，冬天都在家没事做。母亲说爷爷最近爱吃水果，我放假带着西瓜去的时候，只见到挺着大肚子的小媳妇。

小媳妇嘴碎，在我身边说个不停，就像院子里的狗看我进门就疯叫一样。她的意思是，我爸就知道工作，爷爷病了都不管。

我都懒得看她一眼。

倒是爷爷不干了，说道："你有怨气冲我发，不要欺负我家姑娘！"

说完，他又咳又吐，我眼泪瞬间就下来了。

因为这件事，母亲去大伯家理论，要把爷爷奶奶接回家。他们不肯，而且全家人向母亲开火，我们只能等父亲回来。

五

2011年，爷爷90岁，总跟我说，不要和欺负我的人在一起。

2月8日，父亲踏上回家的列车，大伯家打来电话，说爷爷去世了。

2月12日，本来晴朗的天空，突然飘起雪花，拍打着我歇斯底里的脸。我死死地抓着长长的白布，却依旧觉得无力，一切都像是个玩笑，却真实地发生着。

我跟诗男说，最宠我的人永远地离开了。

诗男说，我来接班吧。

我说，你谈过女朋友吗？

他说，谈过，她已经结婚了，我总不能等她离婚吧？

我被逗笑，从此我成为他的女朋友。

没什么前提和目的，只是在我想爷爷的时候，有人替他应答。爷爷的

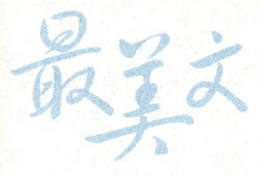

手机，我一直带在身边，没电就充，没话费就交，只是想让他的气息尽可能存得久一些。

我已经知道爷爷是肝癌晚期，知道大伯家拿走了爷爷一生的积蓄，然后在父亲回来之前夺走他最后的呼吸。

父母生气又伤心。

于我而言，二十万的存款不算什么，我恨的是爷爷没了呼吸。

诗男说，看开点吧，或许这对爷爷也是一种解脱。

他仿佛把一切都看得很淡，不计较，也不争吵。我偶尔发发脾气，他也笑着迁就，像极了爷爷。

他知道我因为出生时难产留下了一些后遗症，说话不是很清楚，走路姿势也不是很好看，但总听着看着就习惯了。

2013年，我们的感情已经很牢固，是该见面谈谈了。我没跟他描述过我具体的身体状况，因为始终觉得这是我的常态，没必要、也很难跟别人描述清楚，见到了自然会明白。

在一起的时光，我们依旧相爱，只是他不喜欢和我出门，也不愿意让他朋友知道我。爬山、看海、逛街，都是我扯着他去的，他的视线始终放在手机上。

虽有些埋怨，但我能理解，我总相信，只要我坚持，他就会慢慢适应。我知道他也在努力调整自己，虽然经常提醒我修正走路的姿势，但始终不放开紧握着的双手。

六

2013年7月，因为工作原因，我们从川南奔到陕北，见到父亲。

父亲依旧不看好我，不断说着我走路的姿势，从不顾及场合。有一天我终于忍不住，和父亲争吵起来，最终夺门而出。

他说很生气我对父亲的态度，其实我明白，他是站在父亲那边的。

他说，你如果好了，在路上就不会有人回头看……

他说，人家看到你上车，就起来让座位，为什么？就是一看你就和别人不一样……

他说，我上次送你上车的时候，你知道列车员问我什么吗，问我你是不是有问题……

他说，我跟你说吧，我妈是个特爱面子的人，如果你这样，我们肯定走不到最后……

我沉默着，一宿没睡，却流不出一滴眼泪。我恍惚明白，有些爱是要力透生活才会长久的。

次日清晨，他一起床就紧紧抱住我，很久很久。他把头埋在我的脖子里，呢喃着，我爱你，我爱你……我依旧帮他洗衣做饭，只是我们争吵越来越频繁，他也变得越来越不耐烦。

2014年初，他正式提出分手，说有了新的女朋友。无论是真是假，他能这么说，我就知道他是真的累了。

后来，有个男孩说喜欢我，从杭州的文学赛开始，他就喜欢我的个性。我在西湖边欢快奔跑，我在KTV里尽情猛唱，我站在颁奖台上一脸恬静，从来都是如此的真实与坦然。

虽然他说得很诚恳，但我一点都没被打动，因为我心里早已容不下别人。如果我和当年一样，只是抓一把感情，来麻痹那份疼痛感，那么总有一天，我会和现在一样，重新面对并没有得到彻底治愈的伤。

男孩说，我不会离开你，我会给你一个家。

当初和诗男爱得热烈，他天天让我嫁给他，可是最终呢？都说不在乎，可面对真实的生活时，你还能在众人的目光中坚持多少最初的信仰？

其实，爱情走到今天，我已明白，我们曾经都是真心真意想和对方一起到终点的。只是我始终活在爷爷的城堡里，误以为别人接受我是理所当然，不改一贯的任性。如果早年刻苦一些，把身姿修炼成天鹅之美，命运

怎会写出如此的剧情?这和爱无关,只和生活有关。

而我也已幡然醒悟,如果不去改变自己,只是一味地要求别人理解和接受,那这样的悲剧恐怕要跟随我一生。

换了手机和号码,还是给诗男发了短信,问他知道我是谁吗?

他努力猜着,我们开始笑闹,恍惚回到了四年前。最终,他说出我的名字,我们便都沉默了。

我终于明白爷爷当年的失落,我仿佛能看见,他一手拿放大镜一手打字,好半天才能打一句话。

我并不想让你知道我是谁,只是想换个角色,更轻松地陪在你身边。

又拨了那个熟悉的号码,呼叫过后,传来爷爷的声音。他说,老汉耳朵不好,你有事留言,没事就挂断。

我心头一暖。

他说得对,有了自己的电话,他就可以一直在身边。那个熟悉的声音会让你知道,无论发生什么,都有一个人陪你成长。

(原载《新青年》2014年第10期)

有这样一个人,不论距离多远,时光多远你都知道,他一定会陪在你身边,关心你牵挂着你。愿我们每个人身边都有这样一个人,也希望自己可以成为这样的人,给别人带去温暖和爱。